现在形势变了

“优秀”的阿尔法队让你们失望了。他们没得到能够制成能源的第三种元素，更别提拯救地球了。但我的奥米伽队，则成功应对了目前所有的挑战，我们终将以胜利者的姿态回到地球。是的，奥米伽队将会带着能源回到地球，你们也能够拯救你们的地球……但是，这会价格不菲。

阿尔法队准备好付钱吧。否则，你们的星球就会陷入黑暗。

Col

科林
奥米伽队咨询指挥官

阿尔法计划

任务目标 //
元素提取 04

注 意

若要解锁更多的任务细节，请访问 WWW.VOYAGERSHQ.COM。

目标星球：

无限星

无限星地底深处散落着多间实验室。
那里的科学家
会研究他们遇到的所有生物。
包括即将到来的那几个人……

太空旅行者

一级机密任务指令

阿尔法计划

机 密

目的地：无限星

快要接近这颗星球时，它看起来贫瘠而安宁……但各种生物在地下大量涌现，准备给所有倒霉的到访者带来厄运。

ZRK机器人探测数据 无限星

警 告

气压读数：我们的ZRK机器人发现，这里的大气中几乎没有水分，所以生物都生存在地下。

ZRK机器人监视照片

深入地底，地表之下隐藏着无限长的未知隧道网。

面临的危险

蝠能够向受害人体内注射极危险的素。

任务指令

十号基地报告

注意：仅限被授权人员知悉

所有队员必须立即报到，参加战术训练。我们需要加大侦查力度，了解无限星地下管道内的生物，以及科学家。你们的参与对任务的成功至关重要。

- 破解书中密码
- 发现新的ZRK机器人
- 聆听队员们提供的航行日志
- 完成一级机密任务
- 探索无限星的地下管道

现在登录，开始你的太空之旅吧！

请访问WWW.VOYAGERSHQ.COM

太空旅行者

一级机密任务指令

光刃号 | 人员简历

名：	科林	姓：	未知
应征时年龄：	未知		
性别：	男	祖籍：	未知
最亲近的人：	艾克·菲利普斯	机构：	待定
职位：	奥米伽队咨询指挥官		
警告：	即将给任务带来威胁		
备注：	基因与阿尔法队的克里斯相近，家族归属未核实		

4

太空旅行者

少年科幻小说系列

INFINITY RIDERS

无限骑士

WUXIAN QISHI

[美] 凯克拉 · 麻古　著

孙正凡　译

GUANGXI NORMAL UNIVERSITY PRESS

广西师范大学出版社

· 桂林 ·

出版统筹：张俊显
品牌总监：耿　磊
选题策划：李茂军
责任编辑：王芝楠
助理编辑：韩杰文
美术编辑：卜翠红
营销编辑：杜文心　钟小文
版权联络：郭晓晨
责任技编：李春林

图书在版编目（CIP）数据

太空旅行者少年科幻小说系列．4，无限骑士 /（美）凯克拉·麻古著；孙正凡译．—桂林：广西师范大学出版社，2020.1
书名原文: Infinity Riders
ISBN 978-7-5598-2077-8

Ⅰ．①太…　Ⅱ．①凯…②孙…　Ⅲ．①儿童小说—长篇小说—美国—现代　Ⅳ．①I712.84

中国版本图书馆 CIP 数据核字（2019）第 261163 号

广西师范大学出版社出版发行
（广西桂林市五里店路 9 号　邮政编码：541004
网址：http://www.bbtpress.com）
出版人：黄轩庄
全国新华书店经销
保定市中画美凯印刷有限公司印刷
（保定市西三环 1566 号　邮政编码：071000）
开本：880 mm × 1 240 mm　1/32
印张：5　　插页：4　　字数：110 千字
2020 年 1 月第 1 版　　2020 年 1 月第 1 次印刷
印数：0 001~6 000 册　　定价：28.00 元

目 录

第1章

“准备脱离伽马速度。”云豹号的导航甲板上，一个欢快的声音响起。

蒸汽6000，一个三英尺①高，有着椭圆脑袋的机器人，敲击着飞船控制台上的一串按钮。“所有的生命体，准备好迎接减速，以免发生撞击导致昏迷。”

达什·康罗伊从他手中的漫画书上抬眼一瞥，笑着说道：“谢啦，蒸汽，我会让大家知道的。”

“你十分钟之前就是这么说的，”蒸汽抗议道，“时间马上就要到了，长官。”

达什快速翻阅着漫画书，想要找到一个合适的地方中断他的阅读，“我们还有多久到那儿？”

“距离云豹号进入无限星卫星轨道还有……倒计时十分钟……”蒸汽开始倒计时，“九分五十九秒、九分五十八秒、

① 英美制长度单位，1英尺合0.3048米。——译者。

九分五十七秒……”

“哇噢。”达什将漫画倒扣在椅子的扶手上，以便之后继续读。只有九分钟来召集大家并做好准备了吗？

他从舰长椅上滑下，心脏早就因为满怀期待而狂跳不已。云豹号的船员们就要到达六站宇宙旅行中的第四站了。每一个他们到过的星球都充满神秘与危险。是时候做好准备了，为了可能到来的一切。

达什匆忙冲到墙上的一扇门板前，仔细地研究着船员们来往舰上各个地方所用的管道系统的地图。

“没有时间给你玩了。”蒸汽摇摇晃晃地挪向达什，“准备好脱离伽马速度，倒计时九分二十六秒，长官。”机器人说道，“九分二十三秒……快些吧先生，你得抓紧点儿。”

机器人聒噪的责备声让达什从他的战略制订中回过神来。“当然。谢了，伙计。”

“这是朋友该做的，长官。”蒸汽接着回去工作。一队ZRK机器人在他的身边嗡嗡作响。这些高尔夫球大小的机器助手蹿上蹿下，不时伸出它们的机械臂对飞船进行检查和维修。

达什用手比画着地图上他认为最长的路线。哎呀，习惯成自然。他耸耸肩。当然了，他必须抓紧，但是花费那么几秒钟去挑战一下纪录也没什么。门板开了，他迅速跳入管道。不一会儿，在经历了一段急速而蜿蜒的旅程后，达什从管道中飞驰而出，落在了船员们的娱乐室内。他捋了捋飞行服的袖子并确认了一下距离——不错，但是还不足以打破纪录。

倒霉。

一个满脸笑容的黑发女孩儿盘腿坐在地毯的中间，对着一个两英尺高的方形机器人说着日语。

“嘿，卡莉！嗨，郁金香。”达什说，“我们马上就要到达下一个星球了。”

“你好呀，达什。”卡莉·戴蒙德说。

郁金香发出嘀嘀声以示问候。这个小机器人的肚子发着光，因为她携带着一加仑[1]的液态金属，浑身上下都散发着热量。

卡莉看了看达什身边的管道地图。“哈，”她说，“我还是第一名。”自从他们九个月前第一次登上云豹号，成员们就以找到船上最长的管道路径为目标而比赛。

郁金香又嘀嘀地响起来，像是在欢呼。卡莉和郁金香最近总是在一起。虽然郁金香不会说任何人类的语言，但是对着郁金香说自己的母语总能让卡莉犹如回到家乡一般。

“好吧好吧。”达什对着她和小机器人无奈地笑着。“我们就要到达无限星了，”他对卡莉说，“立刻到甲板上报到。”

郁金香发出轻轻的响声，或许是因为达什那异常的紧迫语调。卡莉微笑着看着她，然后转向达什说道：“我这就上去。”

达什手臂上连接着的像袖子一样的腕带电脑传来了轻微的振动的声音，他立刻关掉了它。

“那是什么？”卡莉问道。

“没什么。”达什说谎。他真希望卡莉没有注意到闹铃。

---

① 英美制容量单位，英制 1 加仑等于 4.546 升，美制 1 加仑等于 3.785 升。——译者。

他把闹铃设定成振动模式是有苦衷的，只有克里斯、派珀和蒸汽知道他每天都需要进行注射，除此之外，他不想让其他人知道。虽然现在是注射时间，但是蒸汽的倒计时还在他的脑海中回响。飞船的航线是早就设定好的，无论船员们有没有系好安全带它都会停下。因为准备不足被撞得昏过去可不是什么好事。

“咱们做好退出伽马速度的准备吧。”达什说。

“好的。”卡莉附和道，站起了身。

“我去找克里斯，”达什对她说，“你见到派珀和加布里埃尔了吗？”

“派珀刚才在我们的房间里，我去看看她是不是还在那儿。”卡莉说完，沿着管道离开了。

达什又重新设定了明天的闹铃。不得不对朋友保守秘密使他很内疚，每一天他都想要告诉他们真相：他需要注射才能维持生命。但是他又不想让朋友们为了无关紧要的事情而担心。

达什穿过管道来到了飞船的底层，出现在引擎室外面的走廊上。这仍然不是最长的路径，但他确信他离目标又更近了一步。

达什匆忙跑向克里斯的住处。经过练习室时，他听到里面传出来争吵声，便用手肘把门挤开并冲了进去。

“叛徒！”派珀·威廉姆斯说道。

“你才是叛徒，”加布里埃尔以愤怒的声音回道，“我将尝到复仇的甜蜜！”

加布里埃尔·帕克站在房间的一侧，在另一侧则是坐在悬浮座椅上的派珀。两个人手中都拿着很长的剑，他们专心地对峙着，甚至都没注意到达什进入了房间。

“伙计们……”达什开口道，但他的声音很快被淹没了。

“准备下地狱吧！”派珀怒吼。她以最快的速度冲向加布里埃尔，金色的头发在身后飘扬。加布里埃尔冲上前去迎击她。达什向后闪身，背紧紧地贴着墙壁以防被打到。他的心跳得超乎寻常的快。是紧张？还是肾上腺素分泌过多？他只能大口地喘着气，迫使自己平静下来。

两把剑撞在一起发出令人难受的嘎吱嘎吱声，接着两个对决者向后退去准备第二次进攻。他们再一次向着对方挥剑，千钧一发之际，派珀把她的悬浮座椅向旁边一挪，加布里埃尔的剑刺中了悬浮座椅的扶手。伴随着胜利的欢呼声，派珀俯下身把剑锋插入加布里埃尔的腹部。

第2章

加布里埃尔大声呻吟着倒在了地上。实际上，他更像是弹到了地板上。房间里铺满了体操垫，并且两人都穿着厚得夸张的泡沫防护服，看起来就像小一号的相扑力士。派珀只能勉强把自己塞进悬浮座椅中，看上去像极了一个浮在半空中的堆满衣服的洗衣篮。

达什哈哈大笑着，“干得漂亮，派珀，”他说，“呃……摔得漂亮，加布里埃尔。”

加布里埃尔躺在地上，不断地挥舞着手脚，无法站起身来。“倒下也是讲究技巧的，你们可要记住了。”说着，他伸出了一根手指，这似乎是他身上唯一能活动自如的部分了。

“我觉得你已经掌握了其中的要领。”达什说道。

加布里埃尔白了达什一眼，接着瞪向派珀，“这不公平，你的椅子就像盔甲一样！”他抗议道，“这是犯规！”

“实战的时候我也会坐在上面，”派珀愉快地反驳道，“所以没有什么不公平的。”她将自己那把没开刃的剑插到椅子侧面的剑鞘里，降到加布里埃尔身边，伸出一只手拉他站了起来。

达什咧嘴笑道：“我支持派珀，兵不厌诈嘛。你们的战斗训练服……”

加布里埃尔踉踉跄跄地走了几步，“这些衣服最棒的一点，就是最后你可以把它们脱下来。”他拉开拉链，露出了里面的队员制服。接着他便开始把训练服的衣袖和裤腿叠起来，并不断地对折再对折。两英寸①厚的衣服随着他的折叠变得越来越薄，最后那小巧样子竟和之前的厚实衣服大相径庭。加布里埃尔小心翼翼地把它塞进了一个只有铅笔盒大小的黑色小袋子里。

训练服是特地用来进行摔跤和其他机动性训练的。如果你在穿着它的时候还能敏捷地移动和战斗，那么脱下它之后就更加灵活自如了。

“话说回来，你们到底在干什么？”达什问道。他捡起加布里埃尔丢在地上的剑，“这些新的剑是怎么回事儿？为什么不用我们之前的击剑器材？”

“这是克里斯给我们的，”派珀说，“他认为我们很快就要用到它们了。”

达什感到一丝沮丧。“这可真奇怪，”他对他们说，“克里斯可从来没有告诉过我这些。”达什仔细检查着剑。剑身很长，就像击剑用的钝头花剑，但是没有那么细，也没有那么柔韧。剑柄处又平又宽，向上逐渐变细，直到成为一个尖。不过为了训练时使用，这把剑已经被磨钝了。

① 英美制长度单位，1 英寸为 1 英尺的 1/12。——译者。

“你是在找我们吗？”派珀说道。

达什点点头，“我们就快要到无限星了。”

“到导航甲板上等你？”加布里埃尔问道。

“没错，现在就去，”达什转向门并命令道，“而且已经没有时间让你们在管道里乱晃了。”虽说这只是为了让船员们放松身心的娱乐活动，但达什还是希望能赢得这项比赛。

“才怪！”加布里埃尔在他身后喊道，“我可不会上当。”

达什忍不住笑了。他快速进入走廊，朝克里斯的房间走去。

他敲了敲房门。

几乎就在一瞬间，门打开了，后面站着一个十几岁的金发少年——至少看上去是这样。克里斯的实际年龄比他的外表要大得多，而且他来自一个名叫芙洛拉的遥远星球。

“过来进行注射吗？”克里斯说道。

“退出伽马速度后，”达什说，“就是注射时间了。”

克里斯皱了皱眉头，返回房间里，停在他存放抗衰老血清的地方。“注射的时机可是十分重要的。”他提醒达什。

“不被减速的飞船拍成碎片也是很重要的。”达什道。但是克里斯似乎并不着急。“我们只有几分钟的时间。”达什提醒他。不到五分钟，达什心里数着。但他也可能错得离谱，实际剩余的时间可能更少。

一只看起来很开心的金毛猎犬从克里斯的床上一跃而下，跑到达什的脚边。

“嘿，火箭。”达什抓了抓猎犬的毛。火箭是克里斯的爱犬，但是它好像已经成了整个团队的吉祥物。“我们就要脱离伽马速度了，你得躲在箱子里，好吗伙计？”

火箭抗议的鼻息喷到了达什的腿上。

“相信我，我理解你的痛苦。”达什向它保证。

“这是为你好。”克里斯接着说。他也许是在对火箭说话，也可能是在对即将注射血清的达什说话。

大多数船员对于达什接受此次任务的风险毫不知情。加布里埃尔、卡莉和派珀在离开地球的时候都还不到十三岁，只要任务能在一年之内结束，他们就可以毫发无伤地返回地球。但是达什比他们都大几个月，这使得他不能安全地在伽马速度下返回。因此达什不得不注射抗衰老血清来欺骗他的细胞，让它们以为他并没有在衰老。

肖恩·菲利普斯指挥官，制定了整个“阿尔法计划”的人，赌博似的让达什成了指挥官。但是他十分坚信达什的领导能力，认为只有达什掌舵，“阿尔法计划”才最有可能成功。他和达什都认为这样的冒险是值得的。

但是在离开上一个星球后，达什的秘密被发现了，他告知了派珀有关他要注射抗衰老血清的事情。作为船上的医务员，派珀想要负责达什的注射，但是克里斯认为这是他自己的责任。达什思考后决定让克里斯来保管血清。达什不想派珀总是鬼鬼祟祟地在自己身边转悠，同时，他希望自己的决定没有给派珀带来伤害。

达什卷起袖子，把手伸向克里斯拿出的新注射器，准备像往常一样给自己注射，但是克里斯把手微微一抬。“你的瘀青太严重了。”他说着，仔细地查看达什的左上臂，皮肤上紫一块黄一块的斑点若隐若现。“让你的左手恢复恢复吧，我来帮你注射。”

达什用酒精棉签擦净右臂上的一小块皮肤，然后把头转向一旁，不想看克里斯给他注射，似乎这样做多少能减轻一点儿痛苦。虽然他的左臂的确因为反复的注射而隐隐作痛，但是他宁可去死也不愿意承认这点。

“好了，这能让你在接下来的一天里保持年轻。”克里斯说道。达什用新的棉签轻轻擦拭着那块皮肤，擦掉了渗出来的小血珠。

“我们必须去导航甲板上了，”达什重复道，“我们随时都有可能脱离伽马速度。”

“哦，这可是好消息。”克里斯似乎话里有话。

达什的笑容淡去了一些，问道：“有什么不对吗？”

“任务的时间有些超出预期了，”克里斯说，“你没有注意到吗？”

达什耸耸肩，“忙着和阿贡盗龙战斗，解决元初星战争，还有与那些水生星人谈判确实耗费了一些时间。”

“或许这样没错，”克里斯咕哝着，“但是确保我们能够按时完成任务是我的工作。”

“我们做得很好。”达什说。但是他并不像听起来那样自信。他们在 J-16 行星拿到了阿贡盗龙的牙齿，并且从元初星那里取得了能塞满郁金香肚子的马格努斯 7，但是他们并没有从水生星人那里取得他们需要的滑动花粉。

“我们真的做得很好，”达什重复道，就好像是要说服自己一般，“对吗？”

火箭小心翼翼地把身子挪到达什身边。就像许多狗一样，对于需要安慰的人类它总是有着神奇的第六感。

克里斯手指向存放注射器的盒子，严肃地说：“看看你的血清储量，它们还剩下多少？”

“我不知道……我猜已经用掉了一大半？”达什慢慢地意识到了事态的严重。自旅行开始，克里斯就一直掌管着达什所有的血清补给，以防被达什的舍友加布里埃尔发现什么蛛丝马迹。

“但是任务才完成一半，”克里斯说，他的声音低沉，“我们只去了三个星球，还剩下三个星球。”

“我会没事的，”达什说道，“你能够做出更多的血清吧？”克里斯正是第一个发明了这种生物注射法的人。

“我认为你没有明白我的意思，”克里斯说，“你并不能无休止地注射抗衰老血清。如果这项任务不能在接下来的八十四天内结束，你就会死掉。”

第3章

当达什和克里斯匆匆跑到导航甲板上与其他船员会合的时候，一股从未有过的紧迫感占据了达什的内心。距离他的血清用完只剩下八十四天了，甚至都不到三个月。

他到底还能不能坚持到返回地球的那一天？计划中的任务只能持续一年，菲利普斯指挥官在一开始就讲得很明白。

达什自始至终就很清楚注射抗衰老血清是十分冒险的行为，也一刻都不曾忘记时间的紧迫。他们已经比计划的晚了一点，而这一点，可是生死攸关的。

云豹号的主电脑发出了缓慢的嗡鸣声。伴随着警报声，蒸汽机械地说："六十秒后脱离伽马速度。"

"好了，赶快系好安全带吧。"达什说道。船员们坐到航行椅上，绑好安全带防止骤降的速度带来冲击。

"这是我最讨厌的事儿了。"卡莉嘟囔着。脱离伽马速度时突如其来的颠簸总是让人有些许不适。

"我爱死它了。"加布里埃尔说。他超喜欢这种感觉，就像坐过山车一样刺激。有那么一两秒钟，他的胃似乎要从嘴巴里蹦出来，这确实有一点点难受，但刺激的感觉实在是太赞了！

“这就来了。”派珀抓紧了她椅子的扶手。

整个云豹号嗡嗡作响并震动起来。急速飞行的飞船突然减速，船员们的身体前倾，却被安全带牢牢地束缚住。

“耶！”加布里埃尔在胃停止翻腾之后兴奋地喊了出来，“爽翻了！”很显然，他成为飞船的驾驶员是有原因的。

达什看着控制板上巨大的显示屏，云豹号已经平稳进入无限星的近地轨道。

空气清澈澄明，达什几乎可以清晰地观察到星球上那粗糙的、灰色的、满是岩石的地貌。他看不到水也看不到植物，星球上似乎没有一丝生机。

“这星球上是有生命的吧？”达什问道。他把目光从显示器上移开并解开安全带，从椅子上站起来。船员们聚拢到桌子旁边，准备听取行星的概况。在以伽马速度航行的这一个月中，他们一直为这项任务而训练，现在他们需要掌握有关任务的一切细节。

“确实有生命，”克里斯说，“在地下。”

“在地下？”派珀紧张地问道。

“没错，”克里斯继续说着，“这个行星是由密度极大的岩石构成的，引力十分巨大。没有什么能在它的表面存活下来，在地下却有着巨大的隧道网络和许多洞穴。”

“洞里面都住了些什么？”加布里埃尔问道。

“我所知道的生物有三种。我们需要收集的元素来自它们其中的一种。”

一种像蝙蝠一样的生物出现在显示器上。有一点不同的是，每只“蝙蝠”都有一条长约两英尺的像蛇一样的尾巴，尾巴的末端呈箭头形。“这些是刺蝠，”克里斯说道，“它们生活在无限星地底的湖洞中。”

“酷！”加布里埃尔赞道。它们看起来就像蝙蝠和魔鬼鱼的杂交品种。

“看见它们尾巴上的倒刺了吗？”克里斯继续说道，“当它们刺中猎物的时候，它们会向猎物注射孢子——一种细小的剧毒颗粒物。”屏幕上出现了一个BB弹大小的黑色小球，“一个孢子会分裂成一百多个更细小的带有原毒素的毒珠，之后便会通过受害者的血液进行传播。”

“毒性有多强？”卡莉问道。

“对人类来说可能是致命的。”克里斯说，“但是这种孢子是我们需要收集的元素，至少需要一千个。”

“一千个？”派珀说。听起来他们要冒着被蜇的危险出生入死多次。作为团队里的医务员，她意识到最要紧的是先弄清楚这种毒素到底会不会要了他们的命。

“是的，”克里斯说，“我们需要十万个原毒素，而每个孢子里有一百个原毒素。”

“我们怎样抓住它们？”达什问道。

“网。”克里斯说，“你们要抓到足够多的刺蝠，然后小心地提取出那些孢子。”

“就是说，逮住刺蝠别被蜇，”加布里埃尔说，“包在我们身上。”

克里斯点点头，“差不多就是这个意思。”

“为什么我觉得事情不会这么简单？”卡莉问道。

“还有其他两种生物要担心呢，记得吗？”派珀说道，“它们都是什么？”

“一种叫锯齿地鳗。”克里斯说。显示器上新出现的图片引起一阵骚动。

“哇，”加布里埃尔说，“这蛇长得可真丑。”

这种生物有着修长的灰绿色的身体，它巨大的脑袋到细小的尾巴上没有任何鳞片，看起来十分光滑而且油腻。它的下巴向前突出，嘴唇包裹着一排向前延伸的前牙，略微弯曲的尖牙上布满了锯齿。在动画演示中，这种生物在地上像蛇一样游动，牙齿发出咯咯的响声，它的下巴贴着地面，头不停地向两侧来回转动。它似乎没有眼睛，只有牙齿。

“别被图像欺骗了，”克里斯评论道，“它们十分大，宽度有十到二十英尺，长度能达到一百英尺。”

“十英尺！那不是和一辆校车一样高吗？”达什说，“我的天哪！”

“一辆校车或者两辆校车叠起来那么高，长官，”蒸汽呼呼作响地计算着，“并且有三到四辆车连起来那么长。”

派珀紧张地吞了一口口水，“哇——”

蒸汽兴致高涨，“十英尺也是普通人类住所的层高。”他继续类比，“一条锯齿地鳗的平均大小和一层高的房屋的大小差不多，它的嘴巴有两个车库那么大。”

“好了，我们知道了，”加布里埃尔说，“它们很——大。”

“无限星上其他生物并不多，那么这些锯齿地鳗吃什么？”派珀问道。

“石头，”克里斯回答，“所以才有那么多洞和隧道。”他调出一张新图片，上面是锯齿地鳗挖出来的一个洞。

“听上去它们不会对我们造成太大的威胁。”卡莉说。

“噢，我向你保证，它们是分不清楚石头和人的骨头的。”克里斯说道，语气里带着一丝调侃。

“真是太棒了，”加布里埃尔说着，拍了拍克里斯的肩膀，“谢了，哥们儿。真是令人宽慰啊。”

“它们几乎不可能被杀死，除非在它们自我疗愈之前将它们的六个脑节全部刺穿。”克里斯指着锯齿地鳗的脑袋和后背上的几个点说，“否则即使受了再严重的刺伤，它们也能恢复——并且会变得更加暴躁。我确信你们不想被它们逼上绝路。”镜头沿着锯齿地鳗的洞穴穿行，一步步走进黑暗，“幸运的是，这些隧道四通八达，总会有可以逃跑的路。”

“看起来我们很容易在里面转晕。”派珀看着屏幕上的迷宫说道。

“对。”克里斯说。

他们等着克里斯加上一句“但是我们有一个方法能保证不会迷路”，可他什么都没说。

“避开地鳗。明白。”达什说道，“接着呢？”

克里斯又调出一张长着翅膀的黑马的图片。这匹如午夜一般漆黑的生物抬起身子，靠后腿站着，前肢在空气中挥舞，伸展开它柔软光滑的翅膀。它的眼睛闪着白光，看起来有点邪恶。但奇怪的是，面对这幅景象，船员们都不自觉地微笑起来。

“哦，”卡莉惊呼，“它们太帅了！”

“是的，真的太‘衰’了。”克里斯说，听起来像在附和她一样。

“它们是敌人吗？”卡莉突然感到十分失望，“它们看起来那么美丽。”

“它们是野生的，既不是敌人，也不是朋友，”克里斯说，“说得好听一点是难以捉摸的。如果这些飞马被驯服的话，那么它们和地球上的马也没有什么不同，是可以用来当坐骑的。事实上这也是你们探索地鳗洞穴的最好方法了。”

“有剪刀嘴的巨型鳗鱼，长尾巴会蜇人的洞穴蝙蝠，还有会飞的马，”加布里埃尔进行总结，“这可真是挺平常的。”

“至少我们不需要躲着那些外星人了。”派珀试着保持积极的心态。在有过水生星那些古怪的经历后，他们需要歇口气，尽量不再和外星文明打交道。

“关于这个……”克里斯说。

“哦，棒极了。”加布里埃尔拍了拍自己的额头，“你总是把‘惊喜’留在最后。”

“杰凯尔人是友善的种族，”克里斯很快又加了一句，“除了有点儿过于刻板。”

“听起来可不妙。”卡莉说道。

“但听起来并不糟糕。”达什补充道，“如果他们是友善的，至少可以找到一些土著向导带我们四处走走。”

“无限星不是他们的母星，”克里斯说，“在无限星上的杰凯尔人都是探险家和科学家。他们将一切见闻记录下来，以供学习。”

“太好了，我们就要变成某些疯狂科学家外星游记里的不速之客了？”加布里埃尔打趣说。

克里斯一脸疑惑地看着正在大笑的队友们，解释道：“哦，不，我向你们保证杰凯尔人不是易怒的种族。”其他人却笑得更厉害了。

“‘疯狂科学家’只是一种称呼。”派珀解释说。尽管克里斯看起来像个人类少年，实际上，他是一个彻头彻尾的外星人。

克里斯耸耸肩，继续说：“接下来就是决定谁去执行这个任务了。”

“加布里埃尔。”达什说，“探索那些隧道需要有一个优秀的导航员。”

加布里埃尔点点头表示同意：“包在我身上。”

“还有卡莉，”派珀说，“她对骑马了如指掌。”

卡莉也急切地点了点头。她喜爱骑马，她对于故乡最美好的回忆之一就是去乡下的朋友家里，那儿有一个马厩和许许多多的马。

“像马的生物，”克里斯提醒他们，“不是真正的马。”

达什和派珀对视了一下。一般来说他们只会派一个三人小组去行星表面，第四个成员和克里斯一起留在云豹号上以防意外发生。他们在水生星的时候打破了这个规则，几乎导致了毁灭性的后果。

“我可以骑马，没问题的，”派珀说，“那和坐在我的悬浮座椅上也没什么不同。或者，”她加了一句，“我可以坐着悬浮座椅在隧道里飞来飞去。”

达什点了点头，“好的，听起来没问题。”他有些犹豫，但是在刺蝠和锯齿地鳗的双重威胁下，懂医疗技术的派珀十分重要。尽管达什十分想参加这次冒险——他总是这样想——但在之前的任务中他每次都登陆了星球表面，现在轮到他待在船上了，这样才公平。

达什最后宣布道："很好。这次的任务就由加布里埃尔，卡莉和——"

"其实，"克里斯说，"我想执行这次的任务。"

第4章

派珀看上去既惊讶又失望，但依然大方地接受了这个事实。“好吧，看来我们不需要第四个人了。”

达什也感到十分惊讶。克里斯在每次任务开始的时候总是待在船上。只要有必要，他有自己的办法去星球表面。“为什么这次你想去？”

“我想要缓和与杰凯尔人的关系。”克里斯盯着屏幕说道。

“你不是说他们很友好吗？”派珀说着，希望自己的语气并不会因为失去了参加任务的机会而显得是在埋怨。尽管她确实很失望，但是她认为这次让克里斯去很公平。派珀还没有完全从上次在水生星的行动中恢复过来。在水里经历的一切对她而言确实是噩梦，但是她绝不会向别人承认这一点或是让它影响她之后的任务。

“我想，我们和杰凯尔人并不会有太多的过节。” 克里斯说。

卡莉皱了皱眉头并瞄了一眼派珀。她怀疑派珀是不是和她有一样的想法：没有过节并不等于友善。

“那么就这样决定了，”达什说，“派珀和我留在这儿。如果在下面出了什么状况的话，我们一定会去帮忙。”

“你这么说会把厄运带给我们的。”卡莉责备道。

“可不是吗，这种事儿从来没发生过，”加布里埃尔说，“之前我们都是一帆风顺的。”

队员们都大笑了起来。面临严峻的考验之时，发发牢骚、开开玩笑确实挺能让人心情愉快的。这让他们意识到，尽管未来的处境十分危险，但他们拥有彼此，可以共同面对一切。

卡莉和加布里埃尔在船员们解散之际互相交换了眼神。他们两个加上克里斯？达什留在飞船上？这可真不一般。

随着准备会议的结束，船员们四散离去，达什通过管道来到了引擎室。ZRK 井然有序地工作着。达什本想过来帮忙，但是他渐渐意识到，在这个时候，自己什么准备都不用做，甚至都不需要把包装好。

只有在这里，而不是飞船上其他地方，人们才会被这次任务的危险程度震撼到。整个空间中充满了飞船脱离伽马速度后为保持稳定而产生的噪音。房间的一角放置着元素合成器，阿尔法队员们需要用它来把收集到的六种元素融合到一起。剩下的地方摆满了各式各样的小型飞船、汽车、快艇以及其他探险交通工具，这些交通工具都有不同程度的损坏。有些地方已经空出来了，因为船员们有时会不得已把它们丢下。

达什用力地呼吸着，他能够感觉到自己的肾上腺素在血管里汹涌翻滚。他的心脏仍在怦怦狂跳——它为什么不能平静下来？他固然担心自己的队员，但是现在他自己是十分安全的，不是吗？然而引擎室的一切似乎都在诉说着他们之前遭遇的危险,并且预示着,或者说警告着他们,还有很多挑战在等着他们。

现在，这一切又将再次上演。

加布里埃尔和卡莉四处奔走着，为他们即将到来的星球表面任务做好一切准备。他们的包被工作手套、基本的急救箱、各式各样的工具包、一些小零食和一个水壶塞满了。他们希望能够在一天之内完成任务，但是谁也不知道可能会发生什么。

克里斯看起来并不是很在意准备工作，却十分耐心地指导加布里埃尔和卡莉如何使用他准备的狩猎刺蝠的网。它们编织得十分整齐且结实，可以说是一种高科技的捕虫网。只要轻轻一按底部的按钮，长长的杆身伸出，圆环展开，就像自动伞一样，一个大大的网挂在圆环上。最棒的是它有一个拉带杆，只要拉一下底部那个扳机一样的东西，网口就会收紧。

“所以，我们要骑着飞马飞进洞里，用这些网捉刺蝠是吗？”加布里埃尔按开了手中的网，像挥舞旗子一样把它挥来挥去，网很轻，用起来相当顺手，“这简直酷毙了！”

卡莉低头躲避直面而来的网。“嘿！”她叫道，“你应该用它们来捉刺蝠，而不是你的队友！”

“我离你远着呢，”加布里埃尔说，“胆小鬼。”

卡莉反唇相讥：“你叫谁胆小鬼呢，呆头鹅。”她打开了自己的网，两个人像是骑马比武般打闹起来。卡莉知道他只是在开玩笑，但这句话确实击中了她的要害。私底下，卡莉有时确实会觉得害怕。她试图表现得很勇敢，但是每次想起要离开云豹号就让她不寒而栗。在前两个任务时她待在飞船上，部分原因就是出于恐惧。虽然她在第三个任务的水生星上证明了自己的能力，但是一直以来的恐惧感仍挥之不去。

“接招吧！”加布里埃尔用他的网轻轻地敲了一下她。卡莉发出了夸张到不自然的痛苦呻吟，并踉跄着倒向一边。

就在这时，达什迈着大步走进房间。“别再玩儿了。我们没有时间可浪费。”他的语气略带僵硬，听起来有些生气。

“放轻松，伙计。”加布里埃尔收起了网并把它挂在了背包上，“我们这就走了。”他把包背到肩上，网利落地垂在他的身后。

卡莉给了达什一个拥抱。“待会儿见。”她保证道。她心里明白自己不是唯一一个惴惴不安的人，她的朋友们同样需要释放一些任务带来的压力。每个人的紧张和压力都会以不同的方式展现出来，加布里埃尔会稍微胡闹一下，达什则会变得严厉并且开始四处下命令。

卡莉松开了手，达什点了点头。“祝你们在下面好运。”

“不能空手就走，”克里斯回到了房间里，“杰凯尔人很注重礼仪。”话音刚落，一小队 ZRK 机器人就带着礼物飞了进来。那是一个教科书大小的木质盒子，里面装满了芙蓉茶，还有一打新鲜出炉的、被包成长条状的巧克力曲奇。他们决定以一盒茶叶和曲奇饼干作为见面礼。

“真棒。”加布里埃尔说着，手伸向了曲奇。他把曲奇塞进包里，卡莉则把茶盒塞进了自己的包里。

卡莉、加布里埃尔和克里斯穿过引擎室来到了云猫号的停靠区，爬进了云猫号。这艘航天飞机将会载他们到星球表面。

卡莉把自己的恐惧吞进腹中，她这次绝对不会再退缩。

克里斯把自己固定在了椅子上，脸上保持着他那一贯有些高深莫测的平静。

加布里埃尔控制飞船并点燃了引擎。云豹号的舱门打开，云猫号缓缓地驶入无限星的大气中。

随着云猫号从万里无云的天空中俯冲而下，加布里埃尔放声大笑道："飞向宇宙，浩瀚——"

"打住！"卡莉一边大笑，一边打断他。

"无垠！"

第5章

就在云豹号的后方，另一艘如同鬼影般若隐若现的飞船正在悄然靠近。它刚刚脱离伽马速度，正在慢慢减速接近无限星。光刃号的舰桥上正回响着到达的通知声，却没有人能听到，船员们都集中在楼下的训练室内。

这个房间看起来和云豹号的训练室惊人地相似：地板上铺满了垫子，训练装备和运动器械散落一地。此时光刃号的船员们聚集在一个机器球形状的装置旁。

西恩娜·莫雷蒂正紧紧地抓着缰绳，手指因为出汗而变得湿滑。她尽力维持平衡，确保自己不会从这个疯狂甩动的机器上掉下来。但是它向右偏得太厉害，西恩娜还是从马鞍摔到了地垫上。

安娜·特纳按下了秒表，“你坚持了将近两分钟。”

“迄今为止的最高纪录，”尼克·罗德里格斯插嘴道，“我最好的纪录是九十九秒。”

“恭喜你，西恩娜，”拉维·查文说着，伸出手帮助她站起来，“估计你的纪录不会保持太长时间，又会被我超越的。”

就像在光刃号上的所有事情一样，骑行飞马的训练最终也演变成了一场比试。

“希望我们能在真家伙上待得更久一些。”西恩娜说。它们可不是牛仔表演的参赛者，两分钟的时间并不能让它们飞多远。

安娜摆摆手说道：“哦，当然了。这只是训练，我们要故意增加些难度才能看出谁是最好的骑手。”

“目前来看是西恩娜和尼克。”科林说道。他是光刃号上的常驻外星人——正随着云豹号一起旅行的外星人克里斯的克隆体。只不过他更冷淡，更加缺乏感情。

“没错，”安娜表示同意，“无限星的任务肯定有他们的一份。”

西恩娜和尼克相视一笑。

“看来咱俩得竞争一个名额了，老大。”拉维边挑衅着奥米伽小队的领队安娜边爬上了训练马，“就让我来给你们露一手瞧瞧。”

金属马开始翻滚扭动，三十秒之后，它就把拉维甩到了地板上。他摔得不轻，哎哟哟地叫了起来。

“见鬼，”拉维害羞地朝着大伙儿笑了起来，“刚才不算！”

四周传来一阵低语。安娜缓缓地拍着手，“恭喜你，拉维。以你刚才的表现，你一定能胜任这个任务。”

“哈哈，”拉维跳了起来，“我明白，我明白，你想要去。”

安娜瞥了一眼科林，“我的确认为你应该去。”

“真的吗？”拉维问道，“但是，为什么？”

“呃，为了完成任务，其他技能也是必要的。”安娜急忙解释道，“骑术并不能代表一切。”

西恩娜也感到迷惑不解。以前安娜总是想要去每一个行星表面执行任务。事情似乎有些不对劲，发生了什么？

“太棒了，咱们赶快准备吧。”拉维立刻说，他可不想等到安娜改变主意再行动。船员们从训练室里鱼贯而出，走向自己的房间。西恩娜走在最后，从侧后方偷偷观察安娜，发现她的嘴角有些许笑意。

光刃号的船员之间总是在进行着各种各样的游戏和恶作剧，西恩娜已经有些厌倦了。她感觉自己无法放松，即便是在飞船上，与她的队友在一起。

实际上，光刃号的整个任务都是一个游戏。在阿尔法队启程之后，奥米伽队被艾克·菲利普斯——阿尔法队的指挥官肖恩·菲利普斯的父亲——秘密地派遣了出去。这些孩子成了父子俩星际对弈中的棋子。哪一支队伍能够集齐所有元素，给地球带来新的能源，并取得无上的荣耀？

就西恩娜所知，目前来说，还没有哪一方在这场对弈中胜出。但这并不能阻止大家投身其中。

安娜是唯一一个有竞争心的人，尼克和拉维看起来并不在意这激烈的竞争氛围，反而乐在其中。西恩娜则因为不得不和所有人钩心斗角而心力交瘁。他们本应该是一个团队，他们已经不在训练营中了，不再需要迫切地向彼此或是指挥官来证明自己，是时候重整旗鼓，同心协力了。

西恩娜已经不止一次猜测，云豹号上的生活是什么样的呢？应该和光刃号上的大不相同吧。云豹号的船员们似乎总是有说有笑的，即便是面临危险他们也能乐观面对。不难看出无论发生什么情况，他们总能照顾彼此。

每当安娜和其他船员进入竞争模式时，西恩娜总想要跳船而逃，这不是在开玩笑。云豹号的船员们会接纳她吗？尽管她不想承认，但是这种试图背叛的情绪越来越强烈了。

她知道自己不应该有这种想法。罪恶感在她和其他船员一起整理装备时席卷了她的全身。他们在光刃号的航天飞机快马号的发射台旁集合。快马号能让他们在几分钟内到达行星表面。

“云猫号已经走远了，”科林说着，走了进来，“他们派遣了卡莉、加布里埃尔和克里斯，真出乎意料。不过这是一个好消息，因为——”

“等一下，”安娜突然打断他的话，“我们先不要讨论他们。”

科林在心中冷笑，他不喜欢被人命令，而安娜显然没有记住这点。他安静地站在那儿，看着执行任务的队员们进入航天飞机。西恩娜、拉维和尼克都系好了安全带，紧接着快马号就从舱门飞了出去。

“好了，”安娜说，“现在他们都走了，我们可以自由地谈论阿尔法队了。”

“我们去甲板上吧，”科林说，“我有些东西要给你看。”

第6章

云猫号掠过无限星的表面。加布里埃尔、卡莉和克里斯透过窗户近距离观察着星球令人惊奇的布满岩石的表面。

“怪不得没有生物能在表面活下来，”卡莉说，“这里真是一片不毛之地。”目光所及，没有一片青草地或是一条小河，光滑的石头在晨曦中泛着灰色的幽光。此情此景给队员们的心里平添了些许忧郁。

远处，某种金属的光芒在地平线上若隐若现。

“在那儿停下，”克里斯说，“那是杰凯尔人的营地。”

加布里埃尔在他能找到的最平整的石头上慢慢地停下了云猫号。

“这也许是我们与云豹号取得联系的最后机会了。”克里斯提醒他们，“一旦我们进入地下，这些岩石很可能会阻挡我们的信号。”

“他们能看到我们安全着陆。”卡莉说，“如果条件允许，我们待会儿再联系他们吧。”

他们走出航天飞机，缓慢地向着杰凯尔人的营地大门移动，那样子就像他们的脚上绑着石头。

“只有我是这样吗？还是说在这个星球上走路就是这么艰难？”加布里埃尔感觉自己就像是走在水里一样。

“哦，对了，这就是我提到过的引力问题。”克里斯说，“这个行星的内核密度非常大，我们这个样子就是因为引力的作用。”

“这感觉就像是在拉练。”卡莉试着跳起来，但是她的脚几乎没有离开地面。

加布里埃尔也尝试着跳跃，“这可真诡异。”要知道他的身手可是一直都很敏捷的。

不过在他们习惯了之后，这感觉也没那么糟。到达金属大门时，他们都没有在意因为走路而消耗的那微不足道的能量。

克里斯在门上敲了敲，传来了一阵金属撞击的嘎嘎声。“我肯定他们已经看到我们了。”他指着门框上方的一个巨大的鱼眼镜头，这是杰凯尔人的杰作。

他们等着。

等着。

什么都没发生。

卡莉紧张地环顾四周。尽管无限星表面没有什么直接的威胁，但是她仍然十分警醒。毕竟在上一个任务中，他们在星球表面一着陆就遇到了危险。

克里斯又拍了拍门。

寂静。

“真是奇怪。”克里斯说。

加布里埃尔耸耸肩，“我们可以待会儿再拜访杰凯尔人。那些地洞在哪儿？”

“有许多入口，但是最直接的入口在他们的营地里。”克里斯回答，“他们建造了很多进入地道的通道，并且绘制了地下通道的地图。”

加布里埃尔伸出手拧了拧门把手，门向里打开了，一片漆黑的门厅映入眼帘。

“我们不能这样不请自入，”克里斯抗议道，“这绝对是违反杰凯尔人的社交礼仪。”

“门开了，”卡莉说，“所以我们不算是破门而入。”

“门应该是锁上的，”克里斯咕哝着，“这实在是太奇怪了。”

“我们需要那些地图，”加布里埃尔坚持自己的选择，“我们可是在赶时间。”

“我们没有选择。”卡莉附和道。她跟在加布里埃尔身后进入了黑暗之中。

就在他们踏入门厅之时，一排球形的橙色灯泡照亮了整个空间。它们看起来就像是人们节日里挂在屋顶上的一串串灯泡，只不过大了许多，足有一加仑牛奶罐那么大。

前厅连接着一条微微向下延伸的走廊，走廊两侧的灯泡一个接着一个，最终消失在斜坡底部的拐弯处。

克里斯走在最前面，很显然他也已经意识到了前进的必要。“我不认为这是最好的办法，”他边走边说着，“但是考虑到我们的时间有限……”他的声音渐渐低了下去。

走廊的尽头是一个巨大的起居室，里面摆满了那种在牙医候诊室里随处可见的家具。一排排有着薄垫子的椅子套着皮革似的椅套，椅子间穿插着低矮的咖啡桌。更多的球形灯泡嵌在桌子上，就像一个个水晶球或者霓虹南瓜灯。整个起居室都笼罩在温暖的、火一样的微光下。

加布里埃尔碰了碰其中一把椅子的椅背，感觉椅套很光滑，并注意到它泛着灰绿色，似曾相识。“是我看错了吗，这个东西好像是……”

克里斯点点头，“锯齿地鳗的皮。可以做成椅套和各式各样的外衣，十分耐用。”

卡莉和加布里埃尔对视了一眼，给锯齿地鳗剥皮听起来可不是件有趣的事。

在起居室的四周还有许多蜿蜒曲折的走廊，卡莉刚走到其中一个入口附近，灯光就亮了起来。就像他们刚进来时一样，走廊的两侧各有一排彩色的灯，不同的是，只有左边的灯是橙色的，右边的灯则都是绿色的。

加布里埃尔走向了另一条通道，它的灯光是橙色和蓝色的。看起来每一条走廊都有橙色的灯，再加上另外一种颜色的灯：绿色的、蓝色的、白色的、棕色的或红色的。

“它们是用来导航的，”克里斯解释道，“左手边的灯代表着你来的房间，右手边的灯代表着你要去的房间。”

“这可真聪明。”卡莉感觉他们见到的只是杰凯尔人令人惊讶的科技的冰山一角。

“杰凯尔人是高度发达的种族，他们在无限星上的队伍几乎都是由探险家和科学家组成的，一切都十分系统化。”克里斯看了看四周，“如果我没记错的话，绿色的灯光是通向研究部门的，他们一定都在那儿工作。”

“也许就是因为这样，他们才没听到我们的敲门声。”卡莉说。

他们顺着绿色的灯光走，走廊把他们带到了一个个有着玻璃墙的实验室。

几十个实验室。

全都是空的。

所有的实验室似乎都已经空了很久。

他们进入了第一个实验室，里面摆满了看起来很复杂的机械。架子上摆满了试管、量筒，还有一种看上去像是荧光水杯的东西。有些器械闪着微光，但是没有一个发出声音，连类似冰箱微弱的嗡嗡声都没有。

加布里埃尔的手指从工作台上划过，手指立刻沾满了灰尘。他迅速将微微颤抖的手指在裤子上擦了擦。这个诡异的营地，还有这被遗弃的实验室，着实把他吓着了。

“他们已经走了。”克里斯的语气有些失望，“没人给我们开门的时候，我就知道有些不对劲。”

“他们似乎留下了所有的东西。”加布里埃尔说。他拿起了一个好像装过蜡笔的罐子，不透明的外壳上像是被涂满了五颜六色的蜡一样。加布里埃尔上下摇晃着它，似乎想摇出来什么看不见的东西，结果除了一些灰尘外什么都没有。

“我们再找找看，”卡莉说，“也许能找到些有用的东西。”

下一个实验室是专门用来研究刺蝠的。一面墙上的网格里全是小号和中号的笼子，就像地球上的实验室里随处可见的那种用来装白鼠和小鸟的笼子。只不过它们全都是空的。

墙上有一套刺蝠的解剖图片：正视图，侧视图，俯视图和腹部的图片，一张丑陋的带刺尾巴的特写。一旁的玻璃罩内，陈列着一具刺蝠骨架，旁边则是一幅刺蝠内部器官的手绘示意图。

加布里埃尔仔细地研究着刺蝠的骨架。“这就是我们要抓的东西吗？”他笑了起来，“看起来小菜一碟嘛。”

“经典的遗言。”卡莉咕哝道。

卡莉仔细检查着一些像是手术工具的东西。各式各样的小刀和手术刀，剪子和钳子，小槌和圆柱销，镊子和夹子，布满了整个架子。“啊呀，”她说，“这些工具看起来极具破坏力。”

加布里埃尔注意到了在工作台角落静静放着的一个小罐子，里面装着仿佛是 BB 弹的东西。“嘿，看哪，”他说，“这不就是我们需要的孢子吗？”

克里斯瞥了一眼那个罐子，“看起来是的。但是这些还远远不够，我们需要一千个。”

罐子里面大概只有二十个。加布里埃尔摇了摇它，里面的孢子发出响声，就像沙球似的。“这简直就是美妙的音乐，”他说，“二十个到手，只剩下九百八十个了！”

卡莉翻了个白眼，“万岁，我们还真是进展神速呢。”她大笑起来，举起拳头假装庆祝。“也许我们应该多逛逛，说不定还有更多呢。”她开始翻箱倒柜。保持积极的心态固然很好，但是她也知道他们面对活的刺蝠是无法避免的。

“我觉得这些已经不新鲜了，”克里斯警告他们，“毒素的效力会随着时间变长而减少。”

“有备无患嘛。”加布里埃尔手里拿着罐子，晃一下包，准备拉开拉链把它放进去。

“不！”克里斯阻止道，“我们不能顺手牵羊。”

加布里埃尔把盖子上的灰尘吹掉，还是把它放进了包里，“这个地方已经被废弃了，有什么大不了的？”

在他们身后，一阵轻微的机械声响起。

卡莉转过身。

屋顶墙角里的一台鱼眼照相机里映出了一道浅浅的弧线。卡莉盯着它看了一会儿，心想是不是有什么人也在看着她。

“这个地方让我的鸡皮疙瘩都起来了，”加布里埃尔说，他率先走出了实验室，“还是说说正事儿吧，我们怎么才能找到地鳗的洞穴？”

“嘘——”卡莉说，细微的嘶嘶声从他们看不见的地方通过走廊传了进来，“你们听到了吗？”

加布里埃尔竖起了耳朵，“我听到了，这是什么声音？”

“听起来也许是飞马。”卡莉自言自语道，“来吧，我可等不及要见见它们了。”这声音就像是黑暗之中的灯塔一样吸引着她，听起来那么的熟悉，那么的温暖。

“没经过他们的允许就擅自进入已经很糟了。”克里斯一贯单调的语气中带着一丝不安，“我们不能再这么放任自己。”

“我们有任务要完成，”加布里埃尔说，“这儿已经没有其他人了。”

他们由卡莉带头，跟着声音走。这条走廊两侧的灯光是绿色和黑色的。没过多久，他们来到了一个深邃且高大的洞窟边缘。这个宽广空间的入口是一扇窄门，上面还有两条平行的门闩。

“我想，稍微看一下也没什么大不了的吧，”克里斯做出了让步，“既然我们已经到这儿了。但是我们绝对不能不经过允许就借走它们。”克里斯打开了一侧的门闩并推开了门。

卡莉和加布里埃尔从克里斯身边进入飞马场。这些黑色的动物在它们的空间里游荡着。有两只在岩石满布的牧场漫步，其他的四只则在空中自由飞翔，舒展着翅膀。

“哇哦！”加布里埃尔脱口而出，“它们真的像长了翅膀的马，这太不可思议了。”

对他来说，这些飞马看上去十分真实，因为它们很像一种在地球上生存的动物，这一点和他们之前遇到的所有生物都不一样。尽管如此，它们显然还是“别的东西”。

飞马们闻起来有麝香和黑暗的味道——如果黑暗有味道的话——并且散发着高雅的气息。一匹飞马朝着卡莉小跑了过来。它把潮湿的口套压在了卡莉的肩上，好奇地嗅着她。卡莉轻轻地抚摸着它那丝绸般的鬃毛，这些毛像液体一样柔和，卡莉感觉自己就像把手伸进了潺潺流淌的小溪里。

“嗨，伙计，”她低语道，“你好呀，很高兴认识你。”

飞马轻轻地嘶叫着，那像马一样的叫声唤醒了卡莉的思乡之情。她伸出手抱住了飞马那有力的脖子，而它静静地站着，顺从卡莉的每一个动作。她闭上眼睛，感觉自己好像站在日本乡间那葱翠茂盛的草原上。飞马从它的鼻子中吹出一丝轻柔的鼻息，卡莉发誓她从中闻到了母亲做的菜的味道。她马上做出决定，这就是她要骑的那一匹。

加布里埃尔在围栏边四处张望，看见墙上挂着六个马鞍。头盔、缰绳、马嚼子和一些其他的骑行装备被放在了一旁的架子上。而另一个架子上挂满了看起来极具杀伤力的剑。

“嚯！”加布里埃尔观察着这些剑发出了一声惊叹。它们可不是那些比试用的没开锋的剑，而且比他们在飞船上用来训练的剑长多了。每一个马鞍两侧都分别有一个粗粗的剑鞘。“也许杰凯尔人是拿双剑战斗的，这可真疯狂。”

他慢慢地从这些武器旁离开，朝着卡莉和飞马的方向走去。对于加布里埃尔来说，这些像马一样的生物比那些怪异的剑更加令人望而却步。他很久以前曾经试着骑过一匹马，但是……不提也罢。

一匹飞马开始轻轻蹭他，嗅着他的味道。他只能像个雕塑一样僵直地站着。

几英尺之外，卡莉紧紧地抱着她的飞马，轻抚着它的鬃毛。

“不，哥们儿，我可不想抱你。”加布里埃尔心想。他稍稍拍了拍飞马的鼻子，飞马喷出一阵气流，在他的手指间卷起了一阵微风。加布里埃尔的汗毛都竖起来了。

导航是他的任务，这是他在这儿的原因。但是对于“骑马”这样的事情……他强忍着自己的情绪。对于这件事他并没有做好心理准备。

他祈祷骑这些飞马就像开卡丁车或者驾驶云猫号那样容易。毕竟他几乎可以驾驭一切不能自己思考的东西。但当飞马用它那深邃而清澈的眼睛凝视他的时候，加布里埃尔意识到这次的冒险会是个挑战。

“我们要把它们借走，无论有没有得到允许。”卡莉说，

“如果你还向我们隐瞒了一些关于杰凯尔人的事，克里斯，现在就是告诉我们的最好时机。”她转过了身。

但是克里斯不见了。

第7章

在无限星遥远的另一侧，第二艘航天飞机正沿着星球那布满岩石的表面呼啸而过。

“在那儿停下来。”西恩娜最终拿定了主意，指着远处那指向天空的陡峭山脉。

“在山脚下，是吗？”拉维确认道。

“没错。”

“那里是有门还是有什么？”尼克询问道。

“很有可能只是一个地洞，”拉维说，“我尽量不让大家直接掉进去。”

“嗯，咱们还是别被卡在洞里的好。”西恩娜说。

快马号的内部安静了下来。这不过是执行任务前的紧张罢了，因为每个人都得直面这个“游戏”。

洞穴的许多入口并不需要通过杰凯尔人的基地，科林的地图把他们带到了其中的一个。

从洞穴入口开始，他们就必须仔细地记录下在隧道里前进的每一步，这样才能找到回来的路。地图在地底下是没有用的，科林反复强调过，因为这些隧道变化得太频繁了。

这也是为什么他们可以舒舒服服地避开杰凯尔人，以及接踵而来的一切复杂的谈判。“把外交工作交给阿尔法队，”科林略带讥讽地说，“他们总是那么重视团队合作，所以他们不可能避开杰凯尔人。谈判会拖累他们的速度。与此同时，我们就能快速完成任务，舒舒服服地等着他们。”

“地表并不像我想的那样平整。”拉维说。快马号贴着粗糙的地面滑行着，慢慢地接近那山脉。“这次咱们可能会撞上石头。”

“确实不是玩笑话。”尼克假装抱怨道，西恩娜笑出了声。

拉维略带颠簸地把快马号停了下来。

“我们到了吗？”尼克在震动逐渐减弱后说。

他们迈着沉重的双腿吃力地走到了洞口处。从外面来看，它不像一个洞，更像是行星表面上一个裂开的深坑。

洞很深，漏斗状的洞窟一片漆黑，向深处不断延伸着。它的边缘未经加工，参差不齐。西恩娜用手触碰着洞窟的边缘，灰褐色的灰尘沾满了她的手指。

他们三人准备好登山绳，把它们牢牢地绑在了洞口附近的一块巨大的岩石上。他们要按顺序一个个顺着绳子爬下去。

“谁第一个来？”西恩娜问道。

“是我把大家安全地带到这儿的，”拉维说，“你们两个决定吧。”

“我最后一个下去，”西恩娜提议，“我最擅长操作这些攀爬装备。”

他们望向了尼克，尼克笑了笑，“我可不会让你们抢了我的风头。”

拉维抓住尼克的安全绳确保他的安全，以防万一。西恩娜站在石头旁边，再三地确认着设备的稳妥。他们并不知道隧道有多深，所以尼克每下降几英尺就会停顿一下，直到他到达底部。

“这没什么大不了的。”尼克说。他抵着石头最后一次测试绳子的坚韧程度，随后就把自己降到坑洞。他用脚在侧壁上跳着下降，手中的绳索随着每一跳而松开和拉紧。不一会儿，他就从大家的视线里消失了。

西恩娜觉得拉维没有把尼克的安全绳抓得足够紧。即便尼克的攀爬绳被牢牢地绑在了大石头上，也很难让人放心。她想要第三个下去是有原因的：她宁可相信石头。

“这下面可真瘆人。”尼克的声音在洞里回荡着。

西恩娜检查了一下深度计，它可以根据放在尼克背带里的一个芯片计算他下降了多少，“五十英尺。”

“我什么鬼东西都看不到！”尼克抱怨道，“除了石头壁还是石头壁。”

“七十五英尺。”

“下面很干燥，还有些凉。”

“你是害怕得脊背发凉吧，”拉维的声音带着嘲讽，“是不是怕黑啊？”

“闭嘴，”尼克喊道，“换成是你早就吓得尿裤子了。”

西恩娜看着拉维的手抓紧绳子，接着又松开。“一百英尺。”

“我们只向里面丢了两百英尺长的绳子对吧？”

“是的，”西恩娜说，“如果洞更深的话，我们只能试着找其他的洞了。”

“它不应该有那么深才对。”拉维说。

“这些隧道时刻都在改变着。”西恩娜提醒他，她又确认了一下尼克的深度，“一百三十英尺。”

他们站在一片寂静之中，紧紧地盯着洞里面。四周安静得可怕，这和他们之前所经历过的环境简直是天壤之别，没有植物或者是动物发出一丁点儿声音，只有微风。太安静了。

“他不说话了。”拉维注意到。

“或者是我们听不到他了？”西恩娜猜测，希望如此。

登山绳开始颤动。

“哦，不。”她几乎无声地说。

拉维拉紧了手中变松的安全绳。他一码[1]接一码快速地拉着绳子，结果只有一个磨坏的绳头被拉了上来。他转向西恩娜，眼里满是慌张，“你觉得他是不是被吃了？”

登山绳更加猛烈地颤动了起来，一下，又一下。

“等等，他在拉登山绳。”西恩娜长舒了一口气，“他到达底部了。”深度计的计数停下了。“一百四十五英尺。”西恩娜重置了深度计，让它重新跟踪拉维的位置。

“好了，我来了。”拉维说。他把自己的安全绳紧紧地系在了石头上，并把安全带夹扣在安全绳和主登山绳上。他向西恩娜眨了眨眼，“待会儿见。”

一个人待在无限星的表面，使得这寂静显得更加浓重。

---

① 英美制长度单位，1 码等于 3 英尺，合 0.9144 米。——译者。

这里既不是沙漠，也不是山地，更不是平原，只有灰尘、石头和沉寂。在这样毫无生机的环境中，西恩娜很难相信下面是那么危险。更加奇怪的是，她察觉自己很有可能是整个行星表面唯一活着的东西。

轮到西恩娜了，她一边叹气一边把自己降入洞内。这几分钟很安静，没有那么多的紧张情绪和风凉话。这寂静和平静很奇怪，但是很好。

一百四十五英尺之下，三个奥米伽队员重新聚到了一起，向着洞穴深处探险。宽广黑暗的洞穴并没有因为他们的手电筒而明亮多少，但如果科林是正确的，那么刺蝠应该就在附近，很容易找到。

奥米伽的队员们不需要杰凯尔人的帮助，他们可以自己完成一切。

这样更好。

他们可以快去快回，没有问题，科林向他们保证过。干净利落，不留痕迹。

第8章

“克里斯去哪儿了？”卡莉问道。突然间，飞马洞穴显得更大并且更怪异了。

加布里埃尔耸耸肩答道：“我们最好快点找到他。”

他们顺着来时的路一直寻到了走廊。空空荡荡的实验室看起来也更加诡异了。四周还有许多走廊。克里斯可能在任何地方。

“他不可能就这样凭空消失了。”加布里埃尔说。

“或许他真的消失了，”卡莉说，试着装出一副神秘的样子，在这种环境下这并不是什么难事，“也许他一直隐藏着什么外星传输科技。”

“你觉得他会重新出现，身上还穿着燕尾服或者什么吗？”加布里埃尔哈哈大笑起来，做着鬼脸说，“惊喜！”

卡莉也笑了起来。他们需要一些声音来打破寂静，实验室实在是安静得令人毛骨悚然。

更令人害怕的是现在只有他们两个人。加布里埃尔·帕克和卡莉·戴蒙德，两个人孤独地待在广袤的无限星上……这段话在她的脑海中回荡着，好像电影预告片里的画外音一样。

卡莉想要联系云豹号。她打开腕带电脑想要向达什和派珀发送无线电信号。

这行不通，腕带电脑没有一丝信号。

克里斯是对的，岩石阻挡了地表之上的一切信号。杰凯尔人的基地只从地表露出一小部分，他们现在肯定在地底深处。整个空间看起来就像是直接从岩石内部凿开来的。

“嘿，看这个！”卡莉大声呼喊道。她走进了他们之前没有探索过的一个实验室。里面几乎空无一物，除了一个和迷你冰箱一样大的破旧的金属保险箱。

它看起来像是被从很高的地方扔下来，摔扁了的果汁盒。被弄坏的保险箱时门上有一个锁扣，但是并没有锁，只不过因为门扭曲得太厉害所以不能打开。

加布里埃尔用力拉了拉门，它纹丝不动。

卡莉从侧面仔细地检查着保险箱。“这上面写着些什么。”她点了点手腕上的电脑，打开了翻译程序。他们本来有一个特制的翻译装置，但是为了以防万一，克里斯还是把翻译程序安装到了大家的腕带电脑里。

“翻译的结果是‘隧道导航系统’，”她说道，“大致上就是这样。”

加布里埃尔脸上挂着笑容，看上去很兴奋。“等一下，它说‘大致上’？”他问道，“为什么会有大致上的导航系统？”

“我认为它大致上是翻译成这样的。”

“哦，那可就更奇怪了。”加布里埃尔拿下背包，在里面翻找了一会儿，接着从里面扯出来一个黑色小袋子。

卡莉敲了敲保险箱的金属壳，似乎期待着有人会从里面打开它一样。“我们必须把它打开，”她决定了，“也许用螺丝刀能把它撬开？”

“对，我这儿正好有一个——”加布里埃尔拉开了黑色袋子的拉链。他那厚实的训练服像鬼影一样蹦了出来。“哎呀！”他大叫道，惊讶地向后跳开。

卡莉因为他那吃惊的表情而大笑起来，“你为什么要带着训练服？”

“我不想带的，”加布里埃尔说，“我以为这是我的工具包。该死，我一定是在整理的时候搞混了。”训练服和工具都是装在黑色小拉链包里的，他很清楚自己为什么会搞混。

“噢，”卡莉说，“所以你并没有带着你的工具包？”

加布里埃尔翻着他的包，“我想我确实没带。对不起。”

“这不是什么大事，”卡莉说，“这个基地里什么都有。我们应该能在这儿找到需要的工具。”她仔细地巡视着架子。加布里埃尔则开始叠他的训练服，他把训练服叠得越来越薄，最后把它塞进了原来的地方。他把小袋子放回背包，因为自己的失误而感觉有些难为情。

卡莉在一个架子底部发现了一把刮刀，它的上半部分是两英寸宽的金属，下面有着粗粗的蓝色塑料手柄。“看，我们为什么不试试这个？”

“看起来不错。”加布里埃尔和卡莉一起把刮刀的边缘塞进保险箱的缝隙中，然后他用尽全力去扳刮刀的手柄。

保险箱的门慢慢打开了。

保险箱里的东西……有点让人失望。

“只是颜料。”卡莉说。里面摆着几堆拳头大小的小罐子，只不过它们都是一样的淡黄色，很淡的黄色，就像苏打饼干的颜色一样。每个罐子的边缘都有一对小环，就像一对引号，或者尖牙一样。旁边还有一堆干净的刷子。

“唉，这还真是令人失望。”加布里埃尔干巴巴地说。

“我猜他们重新回收利用过这个保险箱。”卡莉戳了戳颜料罐的盖子，“这颜色一点儿也不好看。”

加布里埃尔滑稽地转了转他的眼睛，“你没听说过吗？这可是新的流行色！”

“好像我会相信你的品位似的。”卡莉嘲笑说。

加布里埃尔拿出了三个罐子，想要玩个杂技，不过他根本玩不转，只能眼睁睁地看着它们摔到地上并四处乱滚着。“哇，这些颜料可真重。”

“这儿重力很大。”卡莉提醒他说。

“对啊。”加布里埃尔弯下腰抓住了罐子上的小环，把它拿了起来。他把颜料罐在手指上转了起来。它可比一个马克杯重多了。

“我们走吧，”卡莉说，“得快些找到克里斯。”她回到了走廊上。几分钟之后，加布里埃尔也跟了过来，他还在捣鼓着他的背包。

“小心点，”卡莉警告他，“你包里还有其他什么惊喜吗？”

加布里埃尔笑了笑，“说不定呢。”

他们又走过了几间实验室。加布里埃尔每个实验室都看了看，期待着能找到些什么，探索实验室让他既害怕又兴奋，但他们必须找到克里斯并继续他们的任务，这样的矛盾使得加布里埃尔左右为难。他也许能找到些有用的东西，但他们的任务是头等大事。

走廊的尽头是一个丁字路口。新的走廊比之前他们走过的更宽。在前面一侧墙的高处挂着一排红色的灯泡，但也仅仅如此。有些灯泡看起来坏了。

“现在走哪边？”卡莉问。

“我猜他们在某个时候把照明给关了。”加布里埃尔说。他打开手电筒，向着两边漆黑的走廊照了照，“这边。”

他们沿着左边的走廊前进，四周只有他们的脚步声回荡着。在他们身旁，那一排红色的灯光闪了三次，然后就熄灭了。

“嗯……”加布里埃尔说，“你不觉得奇怪吗？”

“也许有个计时器在控制它们？”卡莉也拿出了自己的手电筒。两道光束合在一起，把他们身前的路照得更加明亮。

“嘿，看哪！”卡莉说。她沿着灯光的方向跑去，看清了那吸引了她眼球的东西。“一朵花，是不是很漂亮？”

卡莉弯下腰仔细地看着它。在黑暗之中很难判断花的颜色，卡莉猜，或许是淡紫色，或者是什么相近的颜色。它的花面又宽又扁，很像雏菊，但是它的花瓣厚实饱满，就像芦荟叶一样。它的茎很有弹性，拧成四股，长在布满苔藓的墙上。

卡莉伸手碰了碰花茎。她并不想把花摘下来，但是花茎却折断了，好像是出于它自己的意志。它们缠住了她的食指和大拇指，就像婴儿的拳头一般抓着卡莉的手。

“酷。”加布里埃尔说。

“它们为什么长在室内？”卡莉好奇道。

“呃，严格来说……”加布里埃尔说着，离卡莉更近了一些。他拿手电筒照了照卡莉身边的墙壁，它看起来并不光滑，不像是加工过的，上面全是凹凸不平的岩石。

他们这才反应过来。“我们已经不在杰凯尔人的基地里了。”卡莉说。这条隧道比之前的走廊高了三倍，至少有十五英尺，宽度也差不多是十五英尺，几乎是一个圆形，一个像是被巨大的牙齿咬出来的圆形。

“这里是锯齿地鳗的洞穴。”加布里埃尔说。他用手电筒照向来时的路，目光所及之处，全是这样的石壁。

“走廊什么时候变成这样的？”卡莉说，“我们为什么没有注意到？”在她说话的时候，花茎在她的手指上缠得更紧了。

“我不知道，走廊一开始并没有这么大的不同，”加布里埃尔说，“我们当时正专心地找着克里斯。”

“我们回去吧，在我们走得更远之前最好先找到他。”卡莉说。

加布里埃尔也同意，“我们需要那些地图。”

“还有飞马。”

他们开始沿着来时的路往回走，走廊似乎变得更深邃更黑暗了。

卡莉第一个注意到了异样的声音，“你听到了吗？”

“没事的，”加布里埃尔说，“我们赶紧回杰凯尔人的营地吧。”

那细小的声音变得越来越响，或者说，越来越近。

那是动物的皮肤和石头摩擦的声音。“有什么东西过来了。”卡莉说。

切割石头产生的刺耳摩擦声把加布里埃尔想要说的话给盖了过去。一只庞大的锯齿地鳗从他们身前的转角处钻了出来，巨大的牙齿正在疯狂地撕咬着。

第9章

达什和派珀在云豹号的飞行甲板上等待着在行星表面的队友与他们取得联系。

到目前为止，通信器没有一点声响。

达什站在屏幕前，注视着星球荒凉的地景，这星球上毫无生机的景象有种独特的美感。灰色的石头在最近的恒星的照耀下闪烁着光芒。当第一缕光从地平线上升起，整个星球都被笼罩在淡淡的忧伤之中。

遥远星球上的一次“日出”。

这让达什想起了沙漠上的日出，在他小时候，他和妈妈还有妹妹一起去大峡谷旅行看到的。那时和现在一样，他都觉得自己是那么渺小,但这也让他和某些更大的事物联系到了一起。也许是地球，是大气，或者是宇宙，难以言明。

那天，妈妈抓紧了达什的手，防止他跑得离峡谷边缘太近。现在，他握了握空无一物的手心，努力使自己不要回想起那美好记忆的任何细节。

在离家这么远的地方想到这些真的很奇怪。他不想沉浸在记忆之中，他不能让那些悲伤、乡愁和恐惧慢慢地溜进他的心里。如果他还想再回到家乡的话，他就必须保持专注并让队员们专心完成任务。

达什转身离开了屏幕。

“他们现在应该向我们汇报。”他说。

“再等一会儿，”派珀回答道，“还没过多长时间呢，真的。我们可不知道下面都发生了什么。”

“是啊，这正是我所担心的。”达什提醒她。

派珀点了点头，“我相信他们一有机会肯定会向我们发送无线电的，或者在他们需要帮助的时候。”最后那一句带着一丝不祥的意味。

“没有消息就是好消息？”达什苦笑着说，想要让对话显得积极一些。

派珀耸耸肩，“差不多吧。”

达什又转回去面对着屏幕。天空很清澈，石头静止着。“我们在哪个星球上收到过好消息？”他自言自语道。担忧的情绪使他的胃里翻江倒海。

“他们在地下，记得吗？”派珀说，“也许他们只是没有信号而已。”

也许吧。但是达什心中不安的情绪仍旧无法驱散。“总感觉有什么不对劲，”他说，“我应该和他们一起下去的。”

或者是我，派珀想。尽管她知道达什是因为沮丧才这么说的。“有时候你作为队友的任务就是看着并且等待着，”她说，“这就是我们现在需要做的。”

“是啊。”达什的回答声很轻，差不多就是叹了口气。

派珀很明白不得不被留下来时那沮丧的心情，以及想要参与其中并帮助队友的那种急切的渴望。

这样的冲动在上一个星球的时候席卷了她的全身。而这一次，她下定决心要时刻保持冷静。

达什从屏幕旁边走过来，脸上仍带着不安的神情。他扑通一声坐到了离派珀最近的座位里。“你觉得克里斯把所有的事情都告诉了我们吗？”

派珀的视线低了下去。她欲言又止，犹豫着是要说出心里话还是维持现在的安宁。“不，我不这么觉得。”

地鳗径直向着卡莉和加布里埃尔冲过来，正好堵住了他们回去的路。地鳗实在是太大了，他们的手电筒甚至不能照亮它的整张脸。不过他们也没有兴趣看它的脸。

“快跑！”卡莉抓住加布里埃尔的胳膊转身向着漆黑的隧道深处跑去。地鳗就在他们身后一边咬着墙壁一边扭动身子滑行着。

他们跑过了卡莉发现花的地方，来到了一个Y形路口，他们停了下来，踌躇着。

“走哪条路？”加布里埃尔脱口而出，“我还没有研究过地图呢。”

卡莉扭头看向身后。尽管他们身后的生物看起来既恐怖又危险，但是它移动得并不快。从它身边逃离并不是什么难事。

“我们不能在这儿迷路。”卡莉说，“如果我们转晕了头，也许就永远走不出去了。”

"它就要来了。"加布里埃尔说。

他们不能回头。想要从地鳗身边溜过去是不可能的，它巨大的身躯几乎塞满了整个隧道，而且眼下它就在他们的身后。

"随便选一条路！"卡莉大叫道，"你是领航员啊。"

加布里埃尔跑向右手边的隧道，"如果我们总是向右边走，那么回来的时候只要一直向左就好了。"

卡莉跟着他跑了过去，"这行得通吗？"

加布里埃尔回答的声音在宽阔的隧道里回响着，"希望如此吧！"

地鳗也跟着他们钻进了右边的隧道。

"该死，"加布里埃尔说，"这可真是走运。"

"这就像扔硬币一样，"卡莉说，"我们总会走运一次的。"

第二次右转，他们进入了一条稍小的隧道里，它看起来连接着更多的隧道。隧道里面除了被手电筒那微弱的光照亮的地方之外就是一片漆黑。他们本以为四周不可能更黑了，但事实恰好相反，他们的手电筒能照亮的范围似乎越来越小了。

"不……"加布里埃尔突然停了下来，卡莉一头撞到了他的背上。

"快走啊。"她催促着加布里埃尔。

"呃……"加布里埃尔向前伸出了手，按到了石墙上，这是条死胡同。"向右转"在一分钟前听来还是个不错的计划，但是现在加布里埃尔觉得自己那时已经给他们两人判了死刑。

地鳗已经到达了他们身后的路口，没有办法回头了。

"现在怎么办？"卡莉问。

"祈祷它别走这边？"加布里埃尔提议道。

“好极了。”

他们慢慢地向后退去，等待着。他们有一半的可能性会被咬死。

地鳗转向了右边。

卡莉的心似乎真的沉到了胃里。

他们完蛋了。

他们失败了。

任务彻底结束了。

“对不起。”加布里埃尔说。他一遍又一遍地重复着，绝望地抓着石壁，似乎是希望有个出口会凭空出现一样。“对不起，卡莉……”

卡莉感觉到那朵奇怪的花正在她的手指上动。她用手电筒照亮了它。如果她要在这里死去的话，那么至少她最后还能看一眼这个美丽的事物。花儿的卷须紧紧地缠绕着她的手指。这不会是她的幻觉吧？卷须在拉扯着她的手指，一而再，再而三地，坚持不懈地拽着她。

“呃，有些事儿我得……”她放松了手指让花自由移动，她的手臂在身前抬起来了，好像有自己的意志一样。她顺着花儿拽着的方向走去,它正在把她拉向隧道里,拉回地鳗的身边！

卡莉鼓足了勇气跟着它。她用手扶着石墙——石墙消失了！卡莉的手突然失去了支撑,人差点儿跌倒。这是一道裂缝！它的宽度大约只有一英尺，但是比她的手臂长很多。

“加布里埃尔，快来这儿！”卡莉大喊道。她向他挥着手电筒，从缝里挤了进去。加布里埃尔闻声来到了她的身边，紧跟着卡莉也把自己塞了进去。

“我很瘦，我很瘦。”加布里埃尔低声说。

地鳗来了。

从近处看，它那牙齿就像是坚硬的冰柱一样。它撕咬着隧道的边缘，把隧道拓宽了一圈。它鼻子里吹出来的冷风闻起来就像是建筑工地上的灰尘一样呛人。

“啊啊啊！”加布里埃尔大叫起来。地鳗的牙贴着他的肩膀蹭了过去。

地鳗拖着尖尖的尾巴滑过他们藏身的裂缝，继续向前开“啃”着道路，不一会儿这条隧道就不再是死胡同了。加布里埃尔终于知道为什么导航在地底几乎是没用的了，这就是最好的例子。此时此刻，还有多少地鳗正在改变着隧道的样子？杰凯尔人拥有的所有地图都注定会在几分钟的时间内失去作用。

卡莉和加布里埃尔从裂缝中挤了出来。“向左转两次。”他们箭似的在隧道里飞奔着，从反方向看，隧道和来的时候一点儿也不像。卡莉知道，隧道也确实不一样了，在被地鳗咬过之后，它的轮廓也发生了改变。

“这可真是大麻烦，”卡莉边跑边说，“下一次我们可能就出不去了。”

“交给我来解决吧。”加布里埃尔说，想要掩饰自己话里的不安。他必须搞定这些隧道，这是他的工作。

幸运的是，左转两次后他们回到了之前的地方，他们看到了杰凯尔人基地的入口。他们刚一接近，那排红色的灯就又开始闪烁起来。

“我觉得红色的意思是停下，”加布里埃尔说，“或者是继续前行，后果自负。”

卡莉点了点头。他们之前忽略了这一点，但是下次绝对不会再发生了。

“这也太黑了吧。”拉维说，奥米伽的队伍已经在隧道里走了很久，“太糟了，糟透了。”

突然，一束红光闪过，划破了黑暗。

“我们肯定已经接近杰凯尔人的基地了，”尼克说，“那些灯光可不是自然现象。”

“我们可是在外太空，”西恩娜提醒他，“谁知道我们会遇上什么‘自然现象’。”

他们靠得更近了一些。那巨大的球形灯泡看起来确实是人造的，生物造的，手工制作的，或者其他什么的。尼克并不确定怎样称呼这些外星照明装置才对。

“科林说过要避开杰凯尔人。”尼克说。

“你看到杰凯尔人了吗？”拉维回击道，“避开他们又不是指不能用他们的东西。”

多亏有这些灯光，他们走得更快了一些，否则他们就要摸黑前行了。科林给他们的地图仅仅帮他们指出了从星球表面进入隧道的路。而在里面，科林告诉他们，隧道的格局在不停地改变着。就连杰凯尔人都还没弄清楚怎么才能正确地绘制隧道的地图，而且他们已经尝试了很久。

他们停留了一会儿。尼克想要从墙上摘一个灯泡下来，西恩娜靠在他的身边，拉维则慢慢走进了更远的黑暗之中。

“好吧，这行不通，”尼克最终还是放弃了，“它们都被嵌在墙里了。”

“目前为止，我不怎么喜欢这个星球，”西恩娜说，“我们还是祈祷回去的时候手电筒的电池还够用吧。”

“伙计们，”拉维突然从黑暗中现身，“别管那些灯了，我找到更好的东西了。”

加布里埃尔和卡莉回到了实验室的大厅，继续寻找克里斯。他们并没有沿着过来的路回去，而是跟着一束黄色的灯光向另一个方向走去。新的大厅里并没有玻璃墙，它更像是图书馆里阅读书籍的地方，一道道矮墙将空间分隔开来。这些墙并没有触及天花板，但是足以遮挡两个孩子的视线。

“克里斯！”他们喊着，但是回应他们的只有回声。他们经过了一个又一个小隔间，空无一人。他们走遍了所有过道，把头伸进了每个隔间。大部分隔间里只有一张桌子和几个档案柜，几乎没有什么令人感兴趣的东西。

卡莉打开了自己的腕带电脑，试着给克里斯发消息。“没有回复。”

“也许我们走得太深了。”加布里埃尔猜测。现在他们仍旧不能与云豹号取得联系。

“或者是他走得太远了。”卡莉自言自语道。

加布里埃尔在一个隔间的桌子上找到了一个有荧光黄色把手的手电筒。他把它带到了大厅里，按了按开关。

“好像已经坏了。”他说。

“在实验室的保险箱里有个一样的灯，”卡莉说，“不过它也坏了。”其他几个小隔间里也有这样的手电筒，但没有一个是完好的。

尽管如此，加布里埃尔还是带上了它。手电筒让他的手不至于闲着。他越来越坐立不安，渴望赶紧把任务继续下去。他不确定已经过去多长时间了，时间很有可能才到上午，但是大厅里昏暗的灯光和洞窟里的黑暗让他感觉白天已经过去了。

“我现在有些担心，”卡莉说，“如果不能马上找到克里斯，我们最好继续我们的任务。”

“他就这么消失真的太奇怪了，”加布里埃尔说，“你认为他会没事儿吗？”

卡莉耸耸肩。有谁真正了解克里斯呢？这个任务也许只能指望她和加布里埃尔两个人了。从克里斯消失的那一刻起，卡莉就知道他身上还藏着什么秘密，他有自己的安排。卡莉并不知道对克里斯来说哪一个更重要——是阿尔法队队员们的利益，还是他自己那神秘的企图。卡莉信任他，他们不得不信任他。但是当克里斯表现得这么可疑的时候，想要再信任他就会变得很难。

在最后一排小隔间的尽头是一个大办公室。卡莉注意到了一个透明的玻璃柜，里面装着一盒盒注射器，它们全都是满的。每个注射器都盖着端帽，随时都可以注射。玻璃门上刻着歪歪扭扭的杰凯尔文字。

“哦，这可真有趣。”卡莉靠近柜子，打开了腕带电脑上的翻译器。

加布里埃尔把那支杰凯尔人的手电筒放到了桌子上，用手擦着它的上部。“哇。”手电筒摸上去越来越温暖，虽然看起来并不像是开着的，但是确实有什么东西正在发射出来。一个想法出现在了他的脑海里，一个随着这变热的手电筒而慢慢升温的想法。

“我猜会不会是……我马上回来！”加布里埃尔说。

“你要去——”卡莉还没来得及问，加布里埃尔就消失在了走廊里。

卡莉用翻译器扫描了那些文字，她看着腕带电脑屏幕里的杰凯尔文字被拆分开然后又重新聚合成英语。翻译结果出来了，卡莉兴奋地笑了起来。

加布里埃尔飞奔进了房间里。“嘿，卡莉，快过来看看我发现了什么。”他说。

“不管那是什么，我的发现更好！”她回答道，“这些是抗刺蝠毒素的血清！”

“太棒了！”他冲到卡莉身边，他们一起打开了柜子，“我们最好带上些以备不时之需。”

卡莉把手伸进了玻璃柜子里。

“我觉得这不是一个好主意。”一个声音在他们身后响起。

第10章

那声音听起来像是狗吠声和水泥搅拌机的搅拌声混合在一起的声音，低沉而沙哑。卡莉和加布里埃尔顺着声音转过头，一个又高又瘦、灰色皮肤的人站在办公室的门口，而克里斯就在他的身后。

卡莉瞥了一眼翻译器，它已经在工作了，翻译着男人的话。“如果我是你的话，我绝对不会碰它们，”那个灰色的男人继续说，“这种血清只在杰凯尔人身上试验过。”

克里斯站到了前面来，流利地说着杰凯尔语：“卡莉、加布里埃尔，这是杰凯尔科学考察研究队——或者说杰科队——的拉莫斯上校。”从克里斯口中听到这些难以理解的话，再经由翻译器翻译出来的感觉实在是太奇怪了。“上校，这就是我和你谈起的那些年轻的地球人，卡莉·戴蒙德和加布里埃尔·帕克。”

拉莫斯上校饶有兴致地打量着他们，卡莉感觉他们就像是在被用显微镜看着一样。男人的眼睛似乎可以自由地放大缩小，看清他们的每一个细节。

他们什么也不敢做，只能一动不动地站着并且反过来仔细地观察这个杰凯尔人。但是在这种情况下，这种做法似乎不够礼貌。男人的样子看起来像是人类和犬科，准确来说是和罗威纳犬的混合体。他有着凌厉的目光，发黑的鼻尖，修长优美的面颊和尖锐的下巴。他的头发几乎全都是灰色的，伴有几缕黑色的和白色的。他的皮肤是灰色的，并且看上去很紧致，没有一丝皱纹。

“把他们带走，”拉莫斯上校告诉克里斯，“我不能接受他们。”

“接受我们？”加布里埃尔重复道。

拉莫斯上校转过身，只对着克里斯说：“他们确实非常有趣，就像你之前对我说的一样。我很高兴看了他们一眼。但是他们明显需要照料和饲养。”

“哦，不，长官，”克里斯急忙解释道，“你误会了，他们不需要照料和饲养。”

“是吗？”拉莫斯上校提起了兴趣，“真是难以置信。”

上校敞开了他的外套。他穿着一件用地鳗皮制成的西装，看上去就像一件燕尾服。一件“企鹅外套”，加布里埃尔想起他们穿着燕尾服参加他叔叔的婚礼时，他爸爸讲的笑话。拉莫斯上校的上衣翻领上有飞马羽毛一样的装饰物。

“拉莫斯上校很忙，”克里斯说，示意阿尔法队员们去门口，“我们不能再打扰他了。”

卡莉和加布里埃尔交换了个眼神。克里斯在说什么？他们需要上校的经验来帮助他们探索隧道。

“你是军队里的上校吗？”加布里埃尔问道，他总是觉得这样称呼一个如此高级别的军官是很好笑的事，这总让他联想到玉米粒[①]，“你的军队在哪儿？”

卡莉瞪了他一眼想让他闭嘴。加布里埃尔耸耸肩，这是个再正常不过的问题，毕竟这个地方看起来就像是被遗弃了。

“我的同事已经回到了母星。”

“但是你留下来了？”加布里埃尔问道。

“我没有回去的理由，”拉莫斯上校的语气中充满了苦涩，“我的工作在这里，我的生活在这里，我的全部意义都在这里。上层的高级指挥官取消了我们的预算，强行把我们从未完成的重要工作中撤离。”

“这太可怕了，”卡莉说，“我们星球上也有类似的事。许多富有的国家都削减了科研预算，尽管我们的星球正面临着麻烦。他们把我们派过来就是为了解决能源危机的，所以我们能理解。”

拉莫斯上校或许听到了她的话，也或许没有。他两眼无神地看着空荡的玻璃箱子。“最多的时候我们有接近五十个实验室，”他说，“但现在我一个人只能勉强维持六个实验室。”

卡莉猜测也许以前的实验室里全都是顶尖的科学家，她能想象出来这里曾经是多么激动人心，富有活力。过去的生机勃勃也让现在的营地显得那么的寂寥。

“我很抱歉。”卡莉对他说。

“没有关系。”杰凯尔人说，但是就连翻译器都不能掩饰

① 英语中上校和玉米粒同音。——译者。

他话语里的忧伤。

“所以，你真的是独自一人在这儿吗？”卡莉不能想象。离开地球一整年已经很艰难了，永远不能回家，光是想想就令人绝望。“你的家人呢？”

拉莫斯上校瞪着她，“不要可怜我，这是我自己的选择。”他走向一个档案柜，从里面抽出了夹着厚厚一沓纸的写字板。

他靠近加布里埃尔。“好，就从你开始，请你配合我。”他指示加布里埃尔站直身子伸出胳膊来,并且模仿自己的动作。

“怎么？”加布里埃尔跟着做动作的同时也表示不解。

“这不会占用太长时间的。”拉莫斯向他保证道，“关节活动度，良好。语言能力，良好。综合表现……”

他绕着加布里埃尔转圈，仔细地检查着他。最后他转向克里斯问：“我该怎么称呼这个种族？”

“我是个非裔美国人。”加布里埃尔说。

“他们叫作人类，”克里斯说，“是从一个叫作地球的行星来的。”

“一个雄性，一个雌性？”拉莫斯上校在他的写字板上做了个标记。接着他拿出了一卷卷尺，测量了加布里埃尔的身高，还有他的手臂和腿的长度。他还量了卡莉的头围，她的下巴到鼻子的距离，还有她的手掌从大拇指到小拇指的跨度。当他把卷尺伸向她的另一只手时，拉莫斯倒吸了一口气。

卡莉顺着他的视线看过去。她几乎都忘记了缠绕在自己手指间的花。

“一朵苔藓花，”拉莫斯上校仔细地观察着她的手，“真是难以置信。”

“我们在隧道里找到它的，”卡莉告诉他，“很酷吧？”

“并不是你找到了它，”上校尖锐地指出，“是苔藓花找到了你。”

“我没办法把它弄掉，”卡莉边点头边说，“它把我缠得挺紧的。”

拉莫斯上校看了很久，就好像是在做着什么艰难的决定，最后，他终于开口了：“我的一些同事，一些杰凯尔女性……”然后他却清了清嗓子，摇了摇头。

“把它贴近你的脸，”他粗鲁地说，“把你的手指伸到头发里。”

卡莉把她侧面的头发往耳朵后面别去。“噢。”她叫了出来。苔藓花的花茎从她的手指间松了开来，并重新卷到了她的头发上，就在她的耳朵上方。

“史上最棒的花，”加布里埃尔为此啧啧称奇，“这看起来棒极了。”

卡莉冲着拉莫斯上校笑了笑，“谢谢。”

接着，上校把他的写字板放到一旁，“克里斯，谢谢你把他们带到我这来。他们无疑是很迷人的生物。尽管我十分想要进一步检查他们，但是恐怕现在我并不能研究新的样本。”

卡莉看了看克里斯。“样本？”她反问道，“你没有告诉他我们为什么来这儿吗？”

“我们还没有谈到这一点。”克里斯说。他转向了拉莫斯上校，“我对这个误会感到抱歉。”

“他们不是礼物吗？”拉莫斯上校问道，“你们以客人的身份来到我的营地，却两手空空？”

“我们带了礼物，”加布里埃尔说，他把手伸进背包里拿出了巧克力曲奇，“这些很好吃，你会爱上它们的。”

卡莉也把那盒芙蓉茶拿了出来，“还有这个，你只要把它放到壶里，加入热水，泡一会儿，然后就可以喝了。它们能让你精神百倍。”特别是对于在这种冰冷压抑的环境下独自生活的人来说，卡莉心想。

“这些是他们星球上款待朋友的礼物，”克里斯解释道，“珍馐美馔。”

“很不错，”上校说道，“把它们放到桌子上吧。”

“你可以做个实验，看看茶叶要在水里泡多久才能产生最好的味道。”卡莉提议，“如果你喜欢做这样的事的话。”

拉莫斯上校的表情和缓了一些。

“你还可以试试破解巧克力曲奇的配方，”加布里埃尔说，“在我们星球上，破解曲奇饼干的配方可是要费大功夫的。”

“很好。”上校在他的写字板上又多写了几笔，“如此来看，你们可以继续前进了。”他微微地躬了躬身子，接着对克里斯说：“有老朋友来拜访，我很高兴。”

卡莉上前一步，“拉莫斯上校，实际上我们在这个星球上还有些其他的任务。如果可以的话，我们希望得到你的帮助。”

上校转过身面对着她，“恐怕我不能对任何人有任何帮助了。”他不耐烦地说。

“但是你还不知道我们需要什么。”卡莉说。

上校叹了一口气，“你们需要什么呢？”

卡莉单刀直入道：“我们来是为了收集刺蝠的孢子。”

拉莫斯上校大笑了几声说：“那祝你们好运。虽然我们制造出了抗毒血清，可是有很多科学家为此牺牲了。”

“你们是怎么收集到它们的？”克里斯问道。

“我们从来没有找到一种可行的策略，想要抓住它们总免不了被刺到。”拉莫斯上校说，“从你们踏进湖洞的那一刻开始，危险就无处不在。”

“我们有一个计划，但是我们需要地图。”加布里埃尔充满自信地说道。

“最好能再借您的几匹飞马。”卡莉接着说。

上校盯着他们看了好一会儿，没有一个动作或是一句话语。他那深色的眼睛几乎没眨一下。

“你能帮助我们吗？”卡莉小心翼翼地说。

“我会试一试，”拉莫斯上校说，“如果这能让你们更快地离开我的星球的话。”

“没有人告诉过你，你很适合当一个欢迎委员会的主席吗？”加布里埃尔说。

“不，”拉莫斯上校说，突然来了兴致，“但是我会把你的这个结论记录下来的。”他从外套的口袋里掏出一本破旧的螺旋装订的便签本。

“我只是在开玩笑。”加布里埃尔说着绝望地看着卡莉，她此刻正在努力憋住笑意。但是拉莫斯上校已经在奋笔疾书，不停地翻着便签本。它看起来依然很牢固，就像锯齿地鳗的皮一样。

最后上校合上了本子。“那么跟我来，”他朝着门的方向迈去，“让我们赶紧把事情了结了。希望你们能早点离开，或是早点死掉。”

第11章

“好吧，这可真令人宽慰。”加布里埃尔说。拉莫斯上校得好好学学礼仪和待客之道了。

“我想我们最好跟着他。”卡莉边说边看着拉莫斯上校冲出房间，她还在压抑着自己想要笑的冲动。

加布里埃尔脸上写满了怀疑，“你确定这是个好主意吗？他看起来有点儿……情绪不稳定。”

“友善点儿，”卡莉责备他说，“他肯定很孤单。”

“他并不孤单，”克里斯说，“他自己选择这样生活。”

尽管这样，卡莉心想，五十多年来都独自一人的感觉一定很奇怪，也很难受。她离开家人才九个月，已经很想家了。半个多世纪的孤独会有多么难以忍受？

如果拉莫斯上校真的没有家人的话，那么他独自一人孤独地待在另一个星球上或许也没那么难以理解。但是卡莉猜他背后肯定有更多的故事。她极其想念自己的家人，她甚至想念和姐妹们因为小事而拌嘴的时光。在家里的那些不快和宽广的宇宙相比似乎不值一提，但是另一方面，她对家人的爱却不曾因为这遥远的距离而减少分毫。

他们跟着拉莫斯上校穿过大厅。他们要快步走才能跟上上校那巨大的步幅。不一会儿，他们就来到了杰凯尔人的生活区。

他们匆匆经过一个洞穴似的小屋，里面的环境令人感到惬意，石墙被涂上了温暖温馨的色彩，就像黑木嵌板一样。

所有东西不是装饰着地鳗皮就是覆盖着飞马的羽毛。房间里的沙发摆成 U 形，还有一把高扶手椅，四周则是美丽的骨雕的桌子和书架，一块动物毛皮似的东西铺在地板上。加布里埃尔见过用熊皮和马皮做的地毯，而这块用飞马皮制成的地毯看起来也没什么不同。

他们跟着拉莫斯上校匆匆离开杰凯尔人的私人住所。当看到头顶上闪烁的红色灯光时，加布里埃尔和卡莉对视了一眼。拉莫斯上校正在把他们带进隧道里！

“克里斯，”卡莉急急忙忙地说，“他要把我们带出基地。”

“我确信他知道自己要去哪儿。”克里斯说，但是他的语气并不坚定。

他们迅速通过隧道来到了一个宽阔的洞穴。沿着洞穴墙壁排布着一圈昏暗的灯，它们差不多跟卡莉和加布里埃尔的腰一样高。凭借着灯光他们只能勉强看出来这个地方很空旷，仅此而已。

这里最早肯定是由地鳗挖开的，但是石壁上的咬痕已经被打磨光滑，灰色的墙壁光滑得可以反光。周围除了他们来时的隧道，还有其他两个出口。当地鳗磨着它的巨牙冲进来时，他们至少能有个逃跑的地方，加布里埃尔心想。

拉莫斯上校吹了个长长的口哨。

接着便是一片安静，还有期待。

一匹俊美的飞马从其中一个通道里突然出现。它那光滑的皮毛在灯光的照耀下熠熠生辉，眼睛里闪烁着炽热的光芒。它漫不经心地甩动着自己的鬃毛，向他们踱步过来。从头到尾都散发着优雅与高傲的气息。

“它真不可思议。”卡莉耳语道。

“它叫风暴，”拉莫斯上校说，“我自己的飞马。”他拍了拍骏马的脖子，“我从它还是马驹时就开始训练它，它已经陪了我很多年了。”

飞马看起来既高贵又充满智慧。很显然它已经很老了，鬃毛上已有几缕银丝。当听到自己的名字时，它动了动马蹄并且闻了闻它的老伙伴。

卡莉突然对上校孤单的处境感到一丝宽慰，至少他还有一个朋友。

“你好，风暴。”卡莉说。她伸出了手，风暴在上面轻轻蹭了蹭，它的呼吸弄湿了卡莉的手。“你真美。”她告诉它。风暴又喘息了一声，从那温暖的气息中卡莉能感受到它生命的力量，还有它那在天空中翱翔和战斗的光辉岁月。

“为什么它没有和其他飞马拴在一起？”加布里埃尔问道。

“它已经被放归了，”上校解释道，“但是它每次都会回来找我。”

卡莉被这高大温柔的生物迷住了。风暴允许她把脸放到它的嘴套上。她轻抚着它的脖子，享受着这舒适的感觉。

克里斯用他特有的外星人的目光凝视着她，他有时候看起来像是被人类的行为和感情所吸引。卡莉同样也对他外星人的思维方式感兴趣。

“之前你留下我们和飞马自己走开了，”卡莉对他说，“那是为什么？”

“我必须找到拉莫斯上校，私下与他讨论一些事情。”

“我们可是一个团队啊，”卡莉提醒他说，“你不能这么一声不吭就走了。”

“我本来是打算回去的。”克里斯说。

卡莉摇了摇头。“这不是重点。”她向着克里斯走了几步，“我们需要依赖彼此。如果我们之间连信任都没有了，那就什么都没了。”

“我需要道歉吗？”克里斯说，带着疑问的口吻。

卡莉温柔地微笑着，“是的，你要道歉。”

“我应该考虑你们的感受，并且在离开之前提前告知你们。”

“这样就对了。”

当卡莉和克里斯说话的时候，加布里埃尔把拉莫斯上校拉到一旁问：“先生，你可以和我讲讲隧道的导航系统吗？”

“当然。”拉莫斯上校迈开大步穿过开阔的空间，向风暴出现的那条隧道走去。加布里埃尔注意到那里有一小块墙壁正闪着光。拉莫斯上校伸出手去碰了碰它，闪光的墙壁上泛起了波纹。

它被点亮了，就像一个电脑屏幕一样，只不过是用等离子或是其他什么物质做成的。当它完全亮起来之后，一张巨大的隧道电子地图显现出来。

蓝灰色的背景上密布着白线。绿色的点在屏幕的不同层面上闪着。

地图上没有任何标识之类的东西。加布里埃尔几乎分辨不出哪里是隧道，哪里是石头。

作为一张地图它显然是不合格的。有些地方被画掉了，一些新的东西被画在了那些地方上面或是旁边。凌乱的整体效果使它看上去并不像电脑屏幕，而像是一块高科技的黑板。

“那些移动着的点是什么？”

“那些是被标记过的地鳗。”拉莫斯上校解释道。

“你们可以跟踪它们？”加布里埃尔问。他眯着眼睛看着地图，看得越久，他就看得越清楚。

“没错。不过，能追踪的只是一小部分。”

上校在屏幕上比画着他那修长的手指，就像在搅拌一碗汤一样。等离子屏幕被他拖动着，随着他的手指动作变化，地图扭曲了，变成了名副其实的迷宫。

“隧道有许多层，”拉莫斯上校说，“总长度超过了七万五千英里。”

“该死。”加布里埃尔说。这相当于绕着地球的赤道跑三圈的距离。这些地鳗比打了激素的虫子还能吃。

拉莫斯上校快速翻转着地图。

“此时此刻，这是你们去湖洞的最佳路线。”一条曲折的金色线条亮了起来，指示出一条通向地心的路。

加布里埃尔急切地想要记住这条路线，自言自语道：“在这里左转，之后两个右转，进入一个向下的斜坡……”

克里斯来到了他们身后，“我猜你们应该有一个更便携的版本吧？”他询问道。

“不，”上校说，“但是我们有这个。”

拉莫斯上校把手伸进衣衫里，拿出了一个带着链子的吊坠。他把它从脖子上摘下来，交给克里斯。

“只要附近有标记过的地鳗，它就会嘀嘀响。”

“很好。”克里斯把追踪器挂在了自己的脖子上。

“响声越大，越急促，那地鳗就离得越近。”上校警告他们。克里斯点了点头。

刚才克里斯关于便携地图的问题给了加布里埃尔一个主意。他抬起腕带电脑，用它记录下地图。“这可真方便，实在是太有用了。”他并不仅仅是拍了一张地图的照片，而是对着地图扫描了很久。

“尽管如此，还是请你们记住，隧道每时每刻都在变化着。”拉莫斯上校提醒他们说。

卡莉也有了个主意，“让我看看那个吊坠。”克里斯把它拿出来，她仔细看了一会儿。这只是个简单的接收器，它唯一的用途就是当地鳗身上的追踪器在附近的时候发出警报，那么要多近它才会响呢？“加布里埃尔，给我看看你的电脑。”

加布里埃尔抬起戴有腕带电脑的手臂，看着卡莉在上面捣鼓着什么。她双手并用，在数码屏幕上飞快地点来点去。

“呃，你在做什么？”加布里埃尔看着卡莉在他电脑戳来戳去。让别人来操作自己的装备，这感觉真奇怪。

卡莉正全神贯注于在做的事，“再……等我……一会儿……搞定！”

加布里埃尔的腕带电脑发出了巨大的嘀嘀声。“好了，”

卡莉说着，向后退去，“我刚刚写了一个程序，能够让你的地图‘活’起来。”她继续说着，“如果克里斯的吊坠侦测到了地鳗身上的追踪器，那么地鳗的行动就会显示在地图上。”

“酷毙了，”加布里埃尔说，“程序员的胜利。”

“好啦，你不是说指路这种事儿都包在你身上吗？”卡莉说，“我能做的就是让你发挥自己最大的潜能罢了。”他们对着彼此笑了起来。

拉莫斯上校饶有兴趣地看着这一切。“隧道里还有没标记过的地鳗。”他提醒他们说。

“我们知道，”卡莉承认，“我们只是物尽其用罢了。”

加布里埃尔对克里斯说：“你拿着探测器，所以你应该走在前面。”

“你确定吗？”

“当然。我会跟在你后面留心地图的。”

“我们上路吧。”卡莉说。

“等一下，先让我再扫描一遍地图。”加布里埃尔把腕带电脑对准了屏幕，扫描了一会儿，“好了，我们要尽快出发，这样地图就能更加准确。”

他们赶忙穿过大厅朝着马厩跑去。奇怪的是，马圈里的空间比之前来的时候显得更大了，四周也显得更加平静了。

“有些不对劲儿。”加布里埃尔马上就警觉了起来，紧接着他就意识到什么地方出错了。

“有人比我们先一步到这儿了。”卡莉说。

有三匹飞马不见了。

第12章

脚步声在光刃号的走廊上回响着，空旷的环境使人脊背发凉。安娜大步流星地朝着引擎室附近的一扇金属门走去，并打开了它。“这儿怎么样？”她问，小小的储藏室只能勉强容纳两个人。

科林皱了皱眉，若有所思地审视着这个地方，“可以，看起来不错。”

“其他人永远不会知道。”安娜加了一句。

“我不知道——”

“你在地球上住了很久，”安娜厉声说道，打断了科林的话，“你肯定知道保险这个东西。”

“当然。”科林点点头，“我想说的是，我不知道为什么要对大家隐瞒这件事儿。”

安娜耸耸肩，想要掩饰自己脸上那一丝顾虑。“其他船员也许不会理解这种事情，”她说，“我们可不是在进行一场公平的游戏。”

“这是一场比赛，”科林提醒她说，“为了胜利我们不择手段。”

“我们不择手段。”安娜重复道。比起奥米伽队，阿尔法队的手里掌握着一个巨大的优势。只要把这种优势消除，安娜就可以松一口气。达什·康罗伊看起来是个很大方的人，但是如果到了迫不得已的关头……总之，不能给予他太多的信任。

安娜关上了储藏室的门，与科林一起回到走廊。现在最重要的就是让她的船员们活着回来。

“肯定是奥米伽队干的好事。”卡莉看着空了一半的马厩说。剩下的三匹飞马在更大的空间里飞得更快也更高了，它们看上去是那么的健美，卡莉已经等不及想要抓住它们的缰绳自由翱翔了。

“真是该死，奥米伽队要比我们先一步拿到刺蝠孢子了。”加布里埃尔抱怨说。

“有足够多的刺蝠等着我们去捉，”克里斯说，“相信我，这不是问题。”

“真正的问题是毒刺，”拉莫斯上校提醒他们，语气里带有些许愉悦，“如果你们被蜇了，尽量回到这里，这样我就能观察人类躯体对刺蝠血清的反应了。”

“哦，那当然了，”加布里埃尔说，“这没问题。你可以详细地记录下我们死亡时的每一个细节。”

“我很乐意。”上校同意道。

卡莉大笑了起来，但是同时背后也传来一阵凉意。

拉莫斯上校吹了三声口哨，飞马呼啸而来，在他面前站成一排，它们轻轻甩着鬃毛。

上校用他修长的手指为每一匹马梳理着鬃毛，“这是闪电、圆筒和骑士。”

闪电是卡莉之前中意的那一匹飞马，它是三匹中最高的。它那黝黑的毛发和椭圆的眼睛在灯光的照耀下泛着柔光。

加布里埃尔走向了圆筒，它更矮一些，躯干也更加壮实。飞马平静地等待着，结实的腿微微晃动着。它用鼻子拱了拱加布里埃尔的肚子。

克里斯的那匹飞马——骑士，它看起来有些害羞，一直低着头并且躲避着别人的爱抚。

卡莉从墙上把马鞍一个个地拿下来。它们和飞马的翅膀一样轻得像空气。加布里埃尔和克里斯帮她把马鞍绑在马背上，并戴上了头盔。他们都需要把头盔带子收得很紧，杰凯尔人的脸实在是太长了！

三匹飞马都乖乖地站着，等待阿尔法队的成员们备好马鞍。

“别忘记你们的剑。”拉莫斯上校说。克里斯为每一个成员都带了两把剑。

“我们真的需要这些吗？”卡莉问。

拉莫斯上校像狗吠一样大笑起来，之后便没再说什么。

卡莉小心地审视着两把剑，邪恶的剑刃让她害怕。既然他们有了地图，那么他们应该尽量避免遇到地鳗。她看了看加布里埃尔，很明显，他会同意的。

“小心谨慎总是没错。”加布里埃尔边说边耸了耸肩。

克里斯把六把剑插进剑鞘里，将它们挂在飞马的翅膀前。

飞马耐心地等待着骑手们爬到自己背上。卡莉和加布里埃尔都需要把手伸过头顶抓住马鞍，然后爬了上去，克里斯则很熟练地骑到了马背上，就好像他已经做过很多次了一样。卡莉心里琢磨着克里斯第一次来这儿的时候到底待了多久。

拉莫斯上校站在一旁，又叮嘱了他们几句："收紧你们的腿，缰绳不要拉得太紧。"

"我们走吧。"卡莉说，驱使着闪电向隧道入口走去。它小跑着接近黑暗的隧道，眼睛慢慢亮了起来，卡莉立刻就明白了是怎么一回事，飞马的眼睛远比他们的手电筒好用。

"祝你们好运，"拉莫斯上校说，"也许我还能再见到你们中的某个人。"

"好了，现在我百分之一百确信，"加布里埃尔说，"先生，你将来一定能成为一个激动人心的演说家。"

卡莉和克里斯大笑了起来。拉莫斯上校，没错，他又把这些话记录了下来。

"我们会再见的，"克里斯说，"做好准备吧。"

三位骑士催促着他们的坐骑，这些马一样的生物展翅而飞。

"耶！"卡莉激动地叫起来。飞马的翅膀拍打着空气，风把她的头发吹了起来。她拉了拉手里的缰绳，黑色的飞马便随着她的指令在空中翱翔着。她能感受到它那狂野的天性，但是杰凯尔人把它们训练得完美无瑕。"这太不可思议了！"

加布里埃尔虽然也稳稳地坐在飞马上，但是多少有些不自在。他一只手紧紧地攥住缰绳，另一只手轻轻地搭着。克里斯则端坐在鞍上，活动了一下脖子。

"准备好了吗？"卡莉问，在他俩前面飞来飞去。

“咱们上路吧。”加布里埃尔说。

他们飞向黑暗之中。

飞马那发光的眼睛照亮了前进的道路。闪电的“头灯”照着伤痕累累的岩壁表面，好似油灯一般。它并不只是更强力的手电筒而已，整个隧道似乎因为它而亮了起来。

他们并排骑了一会儿，直到隧道变窄。

加布里埃尔冲克里斯说：“你带我们去，我带我们回。”

“去吧。”卡莉说，拉住闪电的缰绳给克里斯和骑士让路，就像他们之前说好的那样。

克里斯松了松缰绳，骑士就冲到了前面。骑士的眼睛最亮，而且当它冲在前面时，它的害羞也消失不见了。

“这些洞穴变了太多了，”克里斯大声说道，“和我记忆中的完全不一样了，和地图上的也不一样。”他提高了自己的音量，声音传得很远，在石壁上回响着。这有点儿像在旋风里讲话，声音都被飞马的翅膀带起的风声搅得模糊不清了。

“拉莫斯警告过我们，”卡莉说，“这些地图都过时了。”

“而且地图现在还在变。”加布里埃尔说。他的腕带电脑上闪烁着几个代表地鳗的点。卡莉的程序似乎起作用了，至少这是一个好兆头。

隧道有些地方就和高速公路一样宽，有些地方则窄得像乡间小路，有些高得像是教堂的穹顶，有几处则低矮得像门洞。

加布里埃尔想：“我可不想撞上一只正在大嚼特嚼的地鳗。”此时他们正经过一段又高又窄的通道，可以让三只飞马竖着排成一列。很快天花板陡然降低，他们又只能排成一线飞翔。

闪电本能地躲避着有地鳗的隧道，卡莉不知道它是怎么做到的——或许是它闻到了，或者是用其他什么方法感觉到了地鳗的存在。它总能在克里斯的吊坠响起之前，或是加布里埃尔纠正航线之前，发出嘶鸣和鼻息声。

但是卡莉发觉，最近这段时间，它并没有这么做。

这段时间里，加布里埃尔也一反常态地安静。卡莉回头看了看，想确认他还在不在身后。

他……差不多还在。

加布里埃尔没有在笔直地飞，一点儿也不直。圆筒发出的光芒沿着 Z 字形左右扭动着，他们就像是在隧道的墙壁间弹来弹去一样。

“你还好吧？”卡莉大声说。

“我很好。”

听起来似乎不像是对卡莉说的。

“你是不是把缰绳握得太紧了？”她问道。

“我知道自己在做什么，”加布里埃尔对她大声说道，“不用担心我。”

鬼才信，卡莉心想。但是她并没有多说什么。骑马并不容易，她知道，更别说还是骑一匹飞马。她并不想让加布里埃尔感到不快。

加布里埃尔仍旧在来回摆动，频繁地触碰墙壁。现在想要理解他的企图是很困难的，但是卡莉不久后就会明白。

尽管克里斯和骑士在前面带着路，但是闪电似乎才是它们的头领。它时不时地嘶叫着，每当它这么做的时候，骑士就会马上调整线路。飞马们似乎正用一种人类不能理解的方式交流着。显然，飞马的世界里也存在着一些规则。

闪电突然抬起了身子，大声地叫着。他们正在接近一个岔路口，就像他们之前碰到的 Y 型路口。

“地鳗！”加布里埃尔大喊，“两边都有！”他在腕带电脑上看到了两条轨迹，其中一条地鳗正从右边的隧道直冲他们而来。

左手边的隧道看起来暂时还没有危险。加布里埃尔又仔细研究了一下地图，第二条地鳗似乎在那条隧道的一条旁支上，但是它很快就会进入主隧道了。他看到的图像很可能是几分钟之前的，他们没有办法确认地鳗已经行进了多远，如果此时他们左转，就很有可能直接撞到它的脸上。

克里斯胸前的吊坠开始嘀嘀作响，声音慢慢变大。

“撤退！”卡莉大叫。

“但是前面就有一个洞穴。”克里斯回答。通过左边的隧道，隐约可以看到泛着微光的湖泊。

“我们能赶在地鳗之前穿过那里吗？”加布里埃尔问道。从地图上看，这有点儿困难。

“我们必须试一下。”克里斯决定了。他驱赶着骑士向左边飞去。

闪电不情愿地跟了上去，它边飞边发出警告的嘶叫声。“我明白，我明白，”卡莉小声安抚着它，“我们会小心的。”

这样的冒险也许是值得的。因为他们在隧道里走得越远，就越容易迷路。在他们面前的水光似乎闪耀着希望的光芒。

但是这条隧道不短。加布里埃尔推测，它比一个橄榄球场还要长。他们刚飞到半路，就看到侧壁上另一条隧道的洞口，而地鳗随时有可能从这个洞口出现。

克里斯第一个飞过洞口，他的吊坠发出了响亮的、不间断的警报声。他回头看向隧道里面。

“它很近了，”他喊道，“快！”

闪电用尽了全力挥动着翅膀，向前冲去。

卡莉不需要再回头看了，就在她到达两条隧道的交会点的时候，地鳗来了。

“咔嚓！”

第13章

“你怎么会觉得它一切正常？”达什咆哮道，“很明显它没有在正常工作，不然我们就能和他们说上话了！”

蒸汽伸出他的机械手，以恳求的语气说：“我已经诊断过了，长官。ZRK 也检查过系统了，一切正常。”

“那么，为什么我们还不能和他们取得联系？”达什失望地说道。

蒸汽呼呼作响地说：“这可能是由很多原因造成的，长官。你希望我列一个清单，制成一幅图像，还是列一张表格？”

“算了，”达什说，瘫坐在了舰长座位上，“不用你说，我自己就能想出很多理由。”

“想象力是非常强大的东西，长官，”蒸汽说，“就像失控的火车，从山上滚下的岩石，脱缰的——”

达什又跳了起来，“我们还要等多久才能到星球表面去弄清楚发生了什么？”

“我们不能这么做。”派珀说，云猫号此刻正停在行星表面，“我们必须保持耐心。”

“如果他们有麻烦了呢？”达什大声质问道，“如果他们需要我们的帮助呢？”

派珀摇了摇头，“如果有人在下面设了什么可怕的陷阱，那我们决不能步他们的后尘。任务必须进行下去。”

达什真的不喜欢这句话。他知道派珀只是在保持理智，但是这样的话对他焦虑的情绪没有一丝帮助。

可怕的陷阱。

这几个词萦绕在他的脑海，犹如钟钹齐鸣。可怕的陷阱，在无限星上。

达什的目光黯淡了。想象是一回事，记忆是另一回事。达什突然记起一件事，一件克里斯在飞船行进途中提到的事。

“我已经摸透了他们，”克里斯曾经说过，“我不会再中杰凯尔人的计了。”

他们当时正在讨论下一个星球上的任务，只有他们两个人。克里斯认为相比其他几个任务，无限星上的危险更容易处理，“任何会伤害到你的事物，你都能预见到。”

“赶快把关于杰凯尔人的一切资料找出来，”达什对派珀说，“也许还有什么事情是我们不知道的。或许是他们戏弄人的事情，杰凯尔人的陷阱……诸如此类的东西。”也许克里斯真的没有告诉他一切。真是个“大惊喜”。

“我只是夸张了点。”派珀说，她后悔说了那些话，“我不认为他们真的会遇到陷阱。我觉得他们只是在地底走得太深了。”她敲击着自己的平板电脑屏幕，进入飞船的数据库。

“上面怎么说杰凯尔人的？”达什问。

"只有很短的一条，"派珀说，"比克里斯在之前告诉我们的还要少。"

"还是读读吧。"

"'杰凯尔人在外表上、骨架结构上和肌肉结构上都类似人类与犬科的混合体。'"派珀大声读着，她抬起眼睛，"你还想再看看图片吗？"

达什摇了摇头。

"'他们十分注重细节，具有很高的智商并且非常重视礼节。他们的文化将数据的收集和科学研究放在一个很高的位置。其他物种来访的话一般会受到欢迎，会被给予特殊的住所，并被邀请延长他们的访问时间。'"

达什等着派珀继续往下说，但是她并没有这么做。"就这样？"

"就是这样，"派珀回答，她顿了顿，"你觉得最后一小段是什么意思？"

"克里斯说过杰凯尔人待客很热情。"

派珀皱皱眉，"如果事实并不像看上去那么简单呢？"她似乎若有所思。

"你有什么想法？"达什问道。

派珀并不想把自己的想法说出来，她在思索着"特殊的住所"的意思，杰凯尔人到底会"邀请"他们的客人待多久也是她所感兴趣的。

"没有什么，"派珀说，"我只是还在想克里斯是不是已经把关于杰凯尔人的一切都告诉我们了。"

"'延长他们的访问时间'。"达什咕哝着说，他已经和派珀想到一块儿去了。

“我相信他们会没事儿的。”派珀让自己的语气尽量保持愉快与坚定，“你要是想想那些隧道，还有任务量的话，这点儿时间不算长。他们会尽快联系我们的，在此之前我们只需要等待。”

达什握紧了他的拳头。等待显然不是他的强项，他要做点儿什么，做什么都比什么都不做要好。

“再次启动通信诊断程序。”达什告诉蒸汽。

“毫无意义地再重复一遍，长官？”机器人说着，去控制台准备工作了。

“咔嚓”，地鳗咬下了一块岩壁。在这电光石火之间，卡莉和闪电已经飞了过去。

加布里埃尔就没有那么幸运了。

他猛拉着圆筒的缰绳，不幸中的万幸，他的Z形前进法让他落在了卡莉和克里斯的身后比较远的地方，而这段距离给了他几秒钟的时间来做出反应。眼看加布里埃尔和圆筒就要正面撞上地鳗了，但是他们及时地避开了并贴紧了墙壁。

圆筒竭力地伸展着自己的前肢，把自己的后腿折到胯下，把自己的身体拱起来躲过了地鳗的血盆大口。地鳗金属似的巨牙正狠咬着加布里埃尔几秒前所在的地方。

“啊呀！”加布里埃尔大吼着，从地鳗制造的“建筑灰尘”中穿了出来，“就差一点儿，伙计们，就差一点儿。”

“你还好吗？”卡莉问道。

“我就是为驾驶快感而生的人。”加布里埃尔呛得咳了起来，他边咳嗽边把身上的石屑抖掉。

克里斯放慢了速度，骑士扇动着翅膀浮在空中，最后降到了地上。就在他们前方，隧道的尽头是一个湖洞。

卡莉在他身旁着陆了。她回头看着加布里埃尔在墙上“弹”了最后一次并磕磕绊绊地降落在地上。卡莉在想他是不是还没缓过神儿来，还是说他也在和她担心着同样的事情——克里斯之前的决定有些太过鲁莽了。无缘无故地去和地鳗硬碰硬？他们本可以回头再去寻找一条更安全的路线，地图上显示在附近有许多湖洞。

没有一个队员会做出这样的决定，克里斯放弃了安稳的选择，而使他们身处危险之中。他真的关心过他们吗？

卡莉抓着闪电的缰绳，赶上了克里斯和骑士的步伐。“你不能再这样做了。”她说。

克里斯看着她，“什么？”

“毫无缘由地把我们置于极其危险的境地，好像你是指挥官一样。”

克里斯的眼里满带着疑惑，“这项任务本身就十分危险。”

“没错，但是——”

“我是在保护你们，在你们还没有意识到的时候，”克里斯说，“事实上，一切进行得都很顺利。”

“我们差点就被吃掉了，第二次了！”

克里斯似乎正在思考，“拉莫斯上校允许我们……你知道我花了多少年才……”

卡莉摇了摇头，他没有理解她的意思。“在飞船上，你可以保持神秘，做自己的事情，”她告诉他，“但在执行任务的时候，我们要表现得像一个团队，不能每个人各自为政。”

克里斯微微斜着头，“我可不算是一个‘人’。”

“这只是一句谚语，”卡莉说，“但是你肯定已经知道了。”她从飞马上下来，向着湖洞的入口大步走去。

隧道口外就是鹅卵石铺就的湖岸，以及波光粼粼的湖面。飞马的眼睛从入口处照亮了昏暗的洞窟。在这儿，光滑的墙壁呈现出银色，略微有些潮湿，它们就像镜子一样反射着飞马的目光。

闪电稍微屈起后腿，把眼睛对准了上面。头顶上的空间比飞马能照到的还要高。

“这儿真是太美了！”卡莉惊叹道。这里的景象就像明信片上的画一样。作为现场仅有的两个涉足无限星内部的地球人之一，她呆立在那里，欣赏着这令人叹为观止的景色。

“超酷。”加布里埃尔来到她身边，接着她的话。卡莉注意到他走路的时候有东西在他的皮带上晃着。但她看不清那是什么。

湖岸上满是颜色各异的鹅卵石，它们反射着飞马眼睛发出的光。有些看起来又黑又硬就像普通石头一样，另一些则明显地散发着珠宝的光芒。卡莉被这鹅卵石湖岸迷住了双眼。

“地鳗的粪便，毫无疑问，”克里斯说，“这些是石头中不可消化的杂质。”

“真恶心。”卡莉皱了皱鼻子丢掉一块鹅卵石，不停地在裤子上擦着手。

“酷毙了！”加布里埃尔说，“地鳗拉得出珠宝？”他抓起一把石头就往包里塞，准备把它们带回家。

卡莉咯咯地笑了起来，“听你这么一说，好像没那么糟糕。”

墙壁上长着一堆堆厚厚的苔藓，最大的那堆苔藓周围还有一团团小虫在乱飞。卡莉注意到那些生长在苔藓上的蜿蜒的绿色卷须，像极了她的花朵上的卷须，只是上面并没有花。

找到湖洞是找到刺蝠的第一步。卡莉抬起头，即使借助飞马眼睛发出来的光，她也几乎看不到洞窟的最高处，只能感觉到有些小东西在那里拍着翅膀，那一定就是刺蝠了。

在她的身后，克里斯轻轻地说：“看看我们在哪儿。你绝对不知道我花了多久才来到这个地方，这是我第一次来到这儿。杰凯尔人总是把他们的……客人看得很紧。”

卡莉回头看了看他。在船上，他曾说过想要帮他们缓和与杰凯尔人的关系。“你是不是有什么事没告诉我们？”她问道。

克里斯的目光落在湖洞的深处，就好像他进入了另一个时空。“你不需要知道，”他说，“你也不想知道。”

卡莉感到了一丝不快，克里斯凭什么决定他们需要或者想要知道什么？

“这儿好大。”加布里埃尔四处看着说，向上看使得他有点儿眩晕，“我们在地底下多深的地方？”

两只蝙蝠一样的生物从他们眼前飞了过去。加布里埃尔向后退缩。

“它们不会离开洞窟的，”克里斯告诉他俩，“它们需要湖洞的湿气，隧道里面太干燥了。”

卡莉看着刺蝠嗡嗡地飞向苔藓块。两小撮飞虫变成了刺蝠的盘中餐。

加布里埃尔把手穿过洞口伸进了洞窟里。令人惊讶的是，他能明显地感觉到两边的不同。那感觉不像是手上有水或是其他什么东西，更像是在初夏的时候，从一个空调房里走出来的感觉，空气立马就变温暖了一点，湿气也浓厚了一点。他觉得如果整个人都走进去的话，肯定立刻就会流汗的。

飞马在洞口处不耐烦地踱着步子，迫不及待地想要进去并在更大的空间里翱翔。

“没关系的，小伙子，”卡莉拍了拍闪电的鬃毛，“我们马上就能进去了。”洞窟看起来既令人向往又使人害怕，隧道则给人一种安稳的感觉，因为你对身边的情况一清二楚。但是当你踏入洞窟之后，一切又都变得不确定了，这些小小的刺蝠飞得那么快，肉眼都不能把它们一只只区分开来。

“我们需要准备好捕捉网。”克里斯说。

加布里埃尔已经把网从背包上拿了下来，卡莉也去拿她自己的网。

在洞窟的另一边，一条地鳗从另一个洞口滑了出来。它扭动着身躯穿过倾斜的湖岸去喝水，它喝水时发出的咕咚声就和它咀嚼石头的声音一样刺耳，这噪音在洞窟内不断地回响着。

在地鳗的上方，一群刺蝠呈旋涡状朝着它飞去。它们落在了地鳗的身上，尾巴猛烈地刺着它坚韧的皮肤。

“这哥们儿死定了。”加布里埃尔叹息说，尽管他并不真的为此感到惋惜。对于他来说，不过是少了一个敌人。

“地鳗对刺蝠的毒素免疫。”克里斯说，“事实上，我觉得杰凯尔人的抗毒血清是从地鳗的血液里提取出来的。”

“飞马也免疫吗？”加布里埃尔问道。

克里斯摇了摇头。“我不知道，”他说，“但是杰凯尔人似乎从来不担心这一点，我确信他们已经研究过这个问题了。”

这听起来可不妙。卡莉轻抚着闪电的嘴套，她可不想让闪电出什么事儿。它会不会冒着生命危险去帮助他们呢？

“总之刺蝠是不会飞得离飞马太近的，”克里斯说，“所以我们才需要这么长的捕捉网。”

“那我们上吧。”加布里埃尔说着，又爬到了圆筒身上。

等骑手们骑上飞马之后，它们就飞了起来，迫不及待地想要进入洞窟。

卡莉心想，既然它们都这么兴奋，那应该是不会有事儿的。

他们骑马进入了洞窟。克里斯在低空盘旋着，瞄准了聚集在地鳗身边的那一堆刺蝠。

圆筒带着加布里埃尔在水面上打着转。闪电明显不能抵抗飞得更高的诱惑，它带着卡莉不停地向上飞，风狠狠地吹着她的头发。

这简直太快乐了，她真想就这么永远地飞下去。但是卡莉必须把精力放在任务上。

卡莉驱使着闪电飞向栖息在洞窟顶部那些崎岖的钟乳石上的刺蝠。它们就像蝙蝠一样倒挂在上面，爪子牢牢地抓住粗糙不平的岩石表面。

它们看起来十分好捉，但是当卡莉和闪电靠近的时候，刺蝠的翅膀随着飞马的翅膀带起的风而展开。它们突然打起了精神并从岩石上飞了下来，逃离了这片区域。卡莉和闪电赶忙追上去，但是这些敏捷的小东西还是比他们快了一步。

在下面，加布里埃尔和克里斯也遇到了同样的问题。只要他们一靠近，刺蝠就会四散而逃。每次都是这样，一遍又一遍。

他们很快就知道了问题的所在。飞马的翅膀带起来的风总是迫使刺蝠飞离，这个距离太远了。刺蝠不在捕捉网的范围之内，它的杆子太短了。

“我们总是在制造风，那么就让它为我们所用。”加布里埃尔提议。

剩下的两人心领神会。他们三个均匀散开，向着湖洞边缘飞去，接着再向中心飞过来。刺蝠被风推到一起，搅成了一团。

加布里埃尔、卡莉和克里斯向前倾着他们的身子，努力地伸着他们的网。他们前伸着网捕捉刺蝠的样子，就像是在用勺子舀汤。

卡莉不满地皱了皱眉。尽管他们通力合作，但是她的网里仍旧没抓到多少刺蝠。她试着再次挥动捕捉网，但是这些蝙蝠一样的生物却从上面逃掉了，向着洞窟岩壁上的凹口飞去。

她把网口收紧以防剩下的那几只逃走。看上去真不妙，只抓到了很少的几只。

在尝试了十分钟之后，加布里埃尔和卡莉又在隧道旁降落了，骑着飞马跑到了相对安全的区域。

卡莉的网兜里只有七只刺蝠，加布里埃尔那儿有差不多十只，而克里斯只抓到了四只。他也降落在了他们旁边，给他们看自己那可怜的收成。

“这些飞马比我以前预想的要大。”克里斯承认说。他看着自己制作的捕捉网，眼里几乎快要喷火。“它们都不够长，我本应该想到可能会这样的。”

“我们永远也抓不到足够多的刺蝠了，”卡莉说，“我们还需要几百只呢。”

加布里埃尔盯着洞窟里面，只有一个可行的方法了。“我不想这么说，但是——”

“我们需要自己走路去抓。”卡莉接话道。

“没错。”

“但是——”

“它们可能会杀了我们。”

“是的。”

“只要一个小小的失误。”

“非常小。”

“那么我留下来看着飞马。”克里斯说，他希望能帮上忙。

卡莉和加布里埃尔以不可思议的神情看着他。他是认真的吗？他们可不能真的就这么走进去，没有人这么想去送死。克里斯真的需要好好理解一下他们话里面的意思。

“好吧……我们不认为这能成功。”卡莉告诉他说。

“你说它们的刺有多长来着？”加布里埃尔问。

“半英寸。”克里斯回答道。

“我有办法了。”加布里埃尔翻起他的背包，打开了装有训练服的小黑袋子。当它整个都撑起来之后，加布里埃尔用手指头摸着上面的泡沫，感受着它的厚度。

大约两英寸。

“这也许能行。”他咕哝着。

加布里埃尔从圆筒身上滑了下来，圆筒收起了翅膀，紧张地抽着鼻子。另外两匹飞马也收起了翅膀并且站得笔直，严格遵守着人类的命令。

“你在干什么？”卡莉盘问道。

“相信我，”加布里埃尔说，他已经把自己塞进了训练服里，正在拉上拉链，“我能搞定的。”现在他的身体已经被严密地包裹着，除了脸和手指。他摸了摸脑袋后面头盔和训练服的连接处，以确保脖子没有露在外面。然后他把袖子套在手上，把手指藏了进去。

卡莉睁大了眼睛，这才意识到他想要做什么，“你疯了吗？”

“还没那么疯。”加布里埃尔笑嘻嘻地说，“祝我好运吧。”说着就一头栽进了洞窟里。

第14章

达什盯着云豹号的通信控制台，心里琢磨着是不是还要再诊断一下这个设备，安静的时间实在太久了。“噢，得了吧。这么久了他们都没有联络过我们，难道你们就不奇怪吗？”他大声地问道，“在他们进入地下之前连一声‘一切正常’都没有吗？”

派珀坐在她的悬浮座椅里，在一旁飘浮着。“嗯……”她回答道，并没有专心在听。

“很奇怪，很反常，一点也不自然，长官？”蒸汽在房间另一头大声说道。

达什看了看急切地想要安慰他的小机器人。“谢了伙计，”他说，“但是我是在对派珀讲话。”

“啊？”派珀又说。

她正在聚精会神地研究着平板电脑，已经超过一个小时了。她那只空闲的手漫不经心地摸着火箭的头。它正坐在她旁边，脸搭在她的膝盖上。

“你怎么能读得下书呢？”达什毫不掩饰地说。他又焦躁不安起来，怒气冲冲地看着派珀。

派珀从平板电脑前抬起头。“我也很担心他们，”她温和地说，“阅读能让我不至于老是想着这些。”

也许派珀是对的，他也需要一些事情来分分神。“你在看什么？”达什试着保持平静。对话也许能让他不再胡思乱想。

“我在研究这些刺蝠的孢子，”她说，“它们真的十分致命，但是同时也很有趣。”

“你的医疗书刊里提到了它们？”

派珀摇了摇头，“克里斯给了我一份杰凯尔人的报告。他们花了十几年来研究这些孢子，里面有它们的化学分析、物理性质，还有主要毒素的毒性。”

“哇！”达什很高兴飞船上的医疗师是派珀而不是他。他可不是能看进去这种书的人，但是派珀却能读得津津有味。

“他们的研究方法十分注重细节，”派珀说，“他们总是想法设法研究透一切，你知道吧？”

达什不认为自己知道这点，但他还是点了点头。他突然回想起自己在五年级自然科学课上研究电池的经历。他之前才和卡莉讨论过一整年不去学校真是太棒了，但同时也有些遗憾。飞船上的每一个人都觉得自己学到了很多，尽管他们已经九个月没有踏进过教室了。

“你难道要继续做自己的实验吗？”达什惊恐地问道。派珀似乎很享受科学课本里的这些活动。

“噢，当然了，”派珀激动地说，“等我们一离开无限星就做。”

当他们处在伽马速度中的时候，她总是有足够多的时间去做研究。她笑嘻嘻地看着达什那写满怀疑的脸，“我刚读了一些关于血型检测的文章，真的很有趣。你不介意我抽点儿你的血吧？我的意思是比平时多一点儿，就当是在做医学检查？我的房间里有套工具——”

通信控制台突然亮了起来。“呼叫云豹号，这里是光刃号。”屏幕上的地景消失了，取而代之的是科林那憔悴的身影。至少作为一个邪恶又无情的外星人克隆体，他看上去已经够憔悴的了。

火箭叫了两声，听起来像是在警告他。

达什转过脸看着屏幕，派珀把身子挪得离他更近了。看着克里斯的脸长在科林身上总是有点令人震惊。眼镜是一个很明显的区别，但是他们每次都要愣一会儿才能反应过来。

“达什，我们遇到危险了。”科林的面颊看起来有些发红，喘着粗气，“是安娜，我不知道该怎么办，梯子就那么滑了一下，就——”

“喔喔，等一下。”达什举起手来阻止了科林继续自己那上气不接下气的长篇大论，“发生了什么？”

科林深吸了一口气。“安娜从高处摔了下来，”他恢复了以往那机器人般的口气，“她一动不动，也不说话。”

“哦，不。”达什说。他的心跳加快了。他一直担心自己的船员会在太空中遭遇事故。如果安娜真的受到了重伤，这对任务会有多大的影响？

派珀把悬浮座椅移到前面来问：“她还有呼吸吗？”

“我不知道，”科林说，“但是我担心她可能受了重伤。”

“她在流血吗？”达什问，“她摔到哪儿了？”

“她在下梯子的时候摔到了头。”科林说，他顿了顿，“我去把她的身体带过来给你们看。”

她的身体？达什想着，这听起来不大妙。

“不！不要移动她，”派珀告诉科林，“否则可能让她伤得更严重。”

“我应该怎么做？你们能帮忙吗？求你们了。”科林祈求道。他看上去受到了惊吓，呆若木鸡。

“我去帮你们，”派珀说，“我是医务员。”

火箭又叫了两声。

“安静点，”派珀抚慰着它，“没事儿的，伙计。”

“云猫号停靠在无限星上，”达什说，“就算我们想去也去不了。”

“我不需要登陆艇就能飞，记得吗？”派珀快速飞向货舱门，“我去拿我的医疗箱。”

“我们还在轨道上环绕，”达什提醒她，“你需要在椅子上装上推进火箭。”

“还有一套太空服，我知道。”派珀头也不回地大声说道，“我和你在引擎室碰头。”

达什知道派珀是对的，帮助奥米伽队是正确的决定。但是他为什么还有一丝不安？

他顺着管道快速来到了引擎室。火箭从走廊里跑了进来，又叫了两声，蹭着达什的膝盖。不一会儿蒸汽也摇摇摆摆地走了进来，这时候达什已经在检查着各式各样的推进器了，它们都是云猫号或其他小飞船上多余的零件。

“这几个怎么样？”达什指着从登陆艇上拆下来的四个火箭筒问蒸汽。它们的形状大小都和小孩用的球棒一样。“它们的燃料足够带派珀到另一艘飞船上吗？”

蒸汽的数据库嗡嗡作响，计算着速度、距离、轨道、大气密度、派珀和她椅子的重量等等。“四个都用上的话没有问题，长官。”他报告道。

派珀飘了进来，身上穿着宇航服，腿上放着她的医疗箱，上面摆着圆圆的头盔。

“你确定要这么做吗？”达什问道。

“当然了。”派珀戴上了头盔。

达什把推进火箭绑在了派珀的悬浮座椅旁边，蒸汽则在悬浮座椅后面装上了一个氧气罐，并用管子把它接在了派珀的头盔上。由于整个人被包裹在宇航服里，派珀只好伸出大拇指来回应他们。

达什回到了飞船里安全的地方，留下派珀一个人准备从引擎室出发。他从导航甲板的屏幕上看着她打开舱门。火箭点火，推动着派珀的悬浮座椅进入天空中。门在她的身后关上了。

控制台的屏幕上，她的身影逐渐从一大块，慢慢地变成一个小点，最终消失在视野里。

火箭在达什的脚边飞快地转着圈，最后在他的右脚边停了下来。它用那大大的、充满悲伤的眼睛向上看着，舌尖从嘴巴里露了出来。达什用手指轻抚着金色猎犬的毛发，火箭看起来也很担心。

“她能不能安然无恙地回来？”达什问出了自己的担忧。

在飞行控制台的对面，蒸汽发出了滴滴的声音。“无法计算，”小机器人回答道，“有太多不可控变量了，长官。”

“派珀会没事的，她能照顾好自己。”达什向他保证，“我只是在问自己。”

“嗯，”蒸汽说，“这样就好。”

在遥远的下方，无限星的深处，加布里埃尔像相扑力士一样跺着脚走进了湖洞。厚实的训练服让他很难快速移动。

“快来蜇我啊！”他喊道。

他不必再多说什么，刺蝠便对入侵者迅速做出了反应。它们俯冲直下，蜂拥而来。

加布里埃尔举起他那藏在训练服下的胳膊，像盾牌似的保护着自己的脸。他摇摇摆摆地走向岸边，直到听见自己的脚踩进水里的声音。隔着训练服，他能感觉到刺蝠的翅膀正在拍打着他，从头到脚。它们在毫不客气地攻击着他。

“哎呀，它们来得太凶了！”加布里埃尔强忍住想要去拍它们的冲动，他必须保护自己的脸。幸运的是，他没有被刺的感觉。

“这太疯狂了。”克里斯在隧道边低声说。

“这太机智了。”卡莉纠正他说。

“来吧，我们去帮他。”她让闪电飞了起来，克里斯和骑士跟在后面。他们飞向了洞窟的两边，利用飞马制造的风把更多的刺蝠朝着加布里埃尔的身边驱赶。

卡莉朝下面看过去，她几乎已经不能辨认出加布里埃尔了。这群黑压压的刺蝠完全把他淹没了。

加布里埃尔自己也意识到了这一点。而这正在演变成一个大问题！

刺蝠们不停地挤压并撞击着他。

加布里埃尔艰难地保持着站姿。他的手脚突然变得很笨重，太重了。他根本不能移动，也不能站直身子。

他跪了下来。水浸透了他的训练服，使他的身体变得更加沉重了。胳膊上的重量把他的上半身向前拽去，他没有办法，只能让头和肩膀顺势倒下去，倒向水里。不这么做的话，他的脸就会暴露在外。那样他在几秒钟里就会被蜇死。

不！这样会溺水的！

就在千钧一发之际，他意识到了自己的危险。

他把身体扭向右边，这用尽了他全部的力气。他手肘着地，落在了满是鹅卵石的污泥里。水面和他的面颊齐平，他只能在水波落下去的时候赶紧喘几口气。

刺蝠依旧在他上方无情地攻击着他。

他意识到它们正在制造一些声音。透过湖水的声音和他朋友们的声音，他能够辨认出来。

刺蝠发出了一种低沉的旋律，几乎听不见，就像是在歌唱一样，听起来很怪异，但是很柔和，就像是从很远的房间发出来的音乐声。

这音乐太优美了，而且越来越悦耳。他想，何不就这样放松自己，好好享受这一切……

“加布里埃尔！”卡莉的大喊声压过了这令人不能自拔的声音。

他重新集中了精力。

它们可是刺蝠！该死的！它们肯定会杀了他。也许很快就会了。

恐惧在他体内蔓延开来。他试着移动，但是没有用，他承担着太多的重量。他真是犯了个大错。

卡莉和克里斯在上方飞翔着。卡莉伸长了她的脖子，看起来加布里埃尔的身形正在变小。她飞低了一些，看见加布里埃尔正被压在浅水里。

“他被困住了！”卡莉大叫道。

训练服的重量，刺蝠的孢子的重量，加上无限星上额外的重力……在它们的影响下，加布里埃尔已经完全动弹不得了。

“我们得把他拉出来。”卡莉大声说。加布里埃尔依然在用裹着衬垫的手臂保护着外露的脸，但是谁知道在刺蝠从缝隙里刺中他之前他还能撑多久呢?

克里斯调转马头。“我来拖住它们！你去帮加布里埃尔。”说完，他便驱使着骑士向下冲去。飞马卷起的风搅动着刺蝠群，这些蝙蝠似的生物随即呈螺旋状向上飞去。

卡莉迅速着陆，向湖岸边飞奔过去。

刺蝠们掉转了方向，向着她飞来。但是克里斯和骑士在她头顶上方盘旋着，飞马卷起的风把刺蝠都赶了回去。看上去克里斯终于知道团队合作的意思了。

卡莉抓着加布里埃尔训练服的肩部。她的手指攥进泡沫里面，将里面的水挤出来。训练服摸起来疙疙瘩瘩的，里面塞满了刺蝠的孢子。

她祈祷那些东西不会透过皮肤感染到她身上。这些孢子应该只有被注射进身体才有效……吧?

她没得选择。刺蝠群又掉了个头，蓄势待发，准备第二次攻击。卡莉紧紧抓着训练服。“数到三，”她喊，“一、二、三！”卡莉把加布里埃尔拽了起来。

加布里埃尔用尽全力想要站直身子，但是他的训练服重量不均衡，又把他压倒了。他翻身趴倒在地。

“哦，你不能放弃，”卡莉呼喊，“加把劲！”

加布里埃尔的脚在苔藓上打滑，他没有办法站起来。

卡莉抓紧了他的肩膀，试着把他拖出湖洞。她带着加布里埃尔一起小心翼翼地倒退着。克里斯在他们头顶上来回飞着，把周围的刺蝠都驱赶干净了。

“好了，你别动了，”卡莉对加布里埃尔嘟囔道，“你再动就更糟糕了。”她使出了浑身的力气，拖着加布里埃尔在长满苔藓的滑滑的鹅卵石湖岸上一步步地后退。“没有……想到……你的……计划……会……变成……这样……吧？”她一边喘气一边艰难地拖着加布里埃尔上了堤岸。

“当时听起来是个不错的主意。”加布里埃尔咕哝道。他的嘴巴被训练服捂着，声音含糊不清。

“好了！”卡莉成功地把加布里埃尔拖到了隧道口，冲着克里斯大喊道。她拉下浸满水的训练服的拉链，帮助加布里埃尔从里面爬出来。加布里埃尔自由后，卡莉拍了拍他的背，“我就知道你是个疯子。”

“疯狂是酷的代名词。”他跳了一小段舞，“我酷毙了。”

“你……蠢透了。”卡莉小声说，咯咯地笑了起来。

克里斯降落在一旁，并从骑士身上跳了下来。

加布里埃尔帮着卡莉一起把训练服拖到了离洞口更远一点儿的位置。即使没有他在里面，这件衣服还是很重。刺蝠射出的孢子就像有好几吨重。

“这些家伙是怎么带着这些东西在屁股里还能飞来飞去的？”加布里埃尔好奇道。

卡莉大笑了起来。“你觉得这些足够了吗？”她问道，突然变得严肃起来。

“感觉是够了。我真不敢相信你竟然把我从里面拽了出来。”加布里埃尔说，有一点点沮丧。

卡莉又微笑了起来，“这是我们的秘密。”

“没门儿，”加布里埃尔回道，“你真是帅极了！我要告诉所有人！”

他们一起笑了起来。卡莉从工具包里拿出镊子，三个人开始把刺蝠的孢子从训练服上摘下来，然后再一个个地放到罐子里，同时小心地清点着数目。希望加布里埃尔这疯狂的举动能为他们收集到足够的孢子，在这里弄清楚总比回到飞船上才发现数量不够来得好。

本来都全神贯注地站在原地的飞马，突然嘶叫了起来，马蹄不安地刨动着。闪电转身看向背后，用眼睛里的光照着隧道。

克里斯站了起来冲进了隧道，不一会儿，他就回来了。“我们得走了。”他胸口的吊坠在嘀嘀作响。

“这些孢子怎么办？”加布里埃尔问。他们还在边夹边数，连袖子上的都没清干净。

“我们只取出来二百五十个。”卡莉说。

还有这么多孢子在里面，训练服是不可能被叠起来的。

“把水挤干净，放到马背上，”克里斯说，“地鳗马上就来了。”

第15章

派珀飘过无限星的天空，她感觉自己好像真的进入了无限的空间。没有云，没有风，只有悬浮座椅发出细微的嗡嗡声，伴着她欣赏这壮丽的景色：一望无际的蓝天和宽广无垠的大地。氧气嘶嘶地传入派珀的头盔里，她悠然自得地呼吸着，透过面罩望着外面的一切。她很担心安娜，但是她仍旧无法抵挡这美景。一个人，在天空中，在另一个星球上，在宇宙的另一端，这样的飞翔，就像是在做梦一样。

派珀从来没有觉得悬浮座椅拖了她的后腿，但是这也确实让她和朋友们不同，她时不时地会想念跑步和跳跃的感觉。现在，她却能做一些别人做不到的事情，这真的太好了。她向着天空伸出了手，飞行着。椅子下面火箭传过来的热量温暖了她穿着宇航服的手臂。

光刃号打开了舱门，让她进入。科林站在快马号的发射台上，苍白的脸上写满了担忧。

他看起来和克里斯一模一样，除了鼻梁上的眼镜。派珀第一次见到他的时候还愣了一会儿。这真是太怪异了，比见到巨大的克里斯雕像还怪异。

“嗨，科林，”派珀说，“安娜在哪儿？”

“跟我来。”他说，做着刻板的手势邀请派珀和他并肩进入走廊。

派珀打量着光刃号的内部。在某些方面，它和云豹号很相似，但是看起来有一些……不一样。

光刃号已经鬼鬼祟祟地跟踪他们很久了，它的内部看上去也和鬼魅一般。它不像是一个完成品，走廊里满是暴露在外的管道和线路，周围也黯淡无光。派珀生怕会有什么东西从墙里钻出来袭击她，就像在鬼屋里似的，一股凉意顺着她的脊背传了上来。

“你是医务员吧？”科林说。

“是的，到底发生了什么？”派珀问，她在科林的身边飘浮着。派珀觉得对于一个身处危机之中的人来说，他走得有些太慢了，她把这归咎于科林那冷漠的性格。

“安娜从很高的地方摔了下来，”科林重复着之前的话，“我想她可能是伤到了头或是脊椎。”他停下了步子，从口袋里掏出了什么东西拿在一旁笨拙地摆弄着。派珀想要看清他正在做什么，但是有科林的身子挡着，加上走廊太窄了，她不能如愿。

几秒钟之后，派珀尖叫了起来。

就在此时，地下两英里的地方，西恩娜也在撕心裂肺地大叫着。一群刺蝠正朝着她呼啸而来，它们似乎是有统一的指挥，目的非常明确：将她置于死地。这幅景象实在是令人惊叹，但对于身处其中的人来说却是性命攸关的。

西恩娜一边冲着刺蝠群挥舞着捕捉网，一边朝着湖洞边缘躲闪着，她沿着湖岸跌跌撞撞地跑着，最后跌倒在隧道的石头上。终于安全了。

那团长着翅膀的云向上方飞去，沿着湖洞的墙壁滑行着，最后消失在了顶部。它们如同龙卷风一样搅动着周围的空气。

“我们不能……老是……这样……”西恩娜喘着粗气，用双手支撑着自己坐了起来。

“我们抓到多少只了？”拉维问道。

“她刚抓了两只。”尼克说，检查了一下西恩娜的网兜。在洞窟干燥的空气中，刺蝠只能毫无生气地躺在网里面。“总共有十只了，照这个速度下去，我们得花上好几个小时。”

“好几天。”拉维纠正说。

“而且我们可能都会被杀死。”西恩娜补充说，试着让她的语气显得积极一点儿。她并不知道自己为什么这么做，很明显，他们现在的情况毫不乐观。她看着昏暗的隧道，不，不是昏暗，是伸手不见五指的黑暗。“它们不会回来了，对吧？”她说的是那些飞马。

“很明显，不会。”拉维没好气地说。

当奥米伽小队刚踏进洞窟里的时候，那些马一样的生物就沿着隧道飞奔而去。显然，放开缰绳是个错误的决定。

“我就是问问而已。”西恩娜咕哝道。她可不想就这么离开洞窟，仅凭双脚走进这漆黑的隧道里。

手电筒的灯光几乎不能使这黑暗退却一步。拉维那调成了强光模式的手电筒，正在湖洞里的石头上静静地躺着。它的光和头顶上方极远处的一道裂缝里传来的光线，让洞穴不至于漆黑一片。黯淡的光线洒到湖面上，让它看上去像是被夏日的月光笼罩着一般。

“我们可以就带这几只回到飞船上，”拉维提议，“它们又不像蜜蜂只能蜇一次，它们可以制造很多的孢子。”

“我不知道这能不能行得通，”西恩娜说，“把活着的刺蝠带回去可不是计划的一部分。”

“所以我们要改变计划。”拉维坚持道，他朝着湖的方向伸出手，“你还想再进去吗？”

“我们必须再试一试。”尼克附和着西恩娜，他们必须照着计划行事。他拿起了捕捉网，下一个轮到他了。

刺蝠们似乎感觉到了尼克的意图，它们重新在上方集结，徘徊着，准备再次俯冲下来。

“棒极了。”西恩娜说。

拉维凝视着灯火阑珊的洞窟，“我们已经尽全力了，是时候从这儿出去了。”

在云豹号的导航甲板上，达什重启了与光刃号的通信连接。屏幕上出现了对方的飞行控制台，但是周围并没有人影。

“科林？”达什叫着，心里希望他只是在镜头之外，“科林，一切都还好吗？”

一段紧张的沉寂。

“在吗，科林？”达什又试了试。

画面闪向了另一个角度，派珀的脸充满了整个屏幕。“达什！”她大叫道。

达什因为派珀声音里的警告而脉搏加快，但是也因为派珀的平安到达而松了一口气。“安娜怎么样了？发生了什么？”派珀摇了摇头。“你是对的！”她说，“这是个——”

画面又闪了一下，达什看见了安娜微笑的脸。

“你好啊，达什·康罗伊。我就知道我们能指望上你。”

“你还好吗？”达什问道。安娜看上去一点儿也不像是受伤了。

安娜大笑了起来。“我从没有这么好过，”她说，“派珀也会一切平安的。”

画面转为全景。在安娜身后，派珀在光刃号的舰桥上无助地飘浮着，试图挣脱把她绑在悬浮座椅上的绳子。绳子从她的胸前绕过，她的双手则被绑在了身后，使她动弹不得。她的腿没有拘束地荡着，和往常一样一动不动。

达什立刻就明白了真相。安娜根本没有受伤。这是个陷阱！他被狠狠地捉弄、戏耍、羞辱了一番。

“放了她！”达什命令道。他从椅子上跳了起来，似乎是想要跑过去帮派珀。但没有云猫号的帮助，他是绝对无法从一艘飞船跑到另一艘飞船上去的。

“我可以这么做，”安娜说，“但是有了她在，你就一定不会在伽马跃迁的时候抛下我们自己走了。”

“你们已经拿到了滑动花粉，”派珀生气地说，“你们根本不需要人质。”她希望他们能把她锁在房间里或是绑在柱子上，她痛恨别人用她的悬浮座椅来对付她。她更痛恨自己因为轻信安娜而放松了警惕，以为奥米伽队真的需要她的帮助。科林不费吹灰之力就把她的手绑住了，在执行任务的时候这种事情可从来不会发生。她本应该做好一切准备的，即便是在这里。“放我走！”她大吼道。

“我们不会丢下光刃号的，”达什说，“我们永远不会这样做。”

“多一点儿保险总是没错的。”安娜说。

“你们不会关着她的，”达什说，“你们不能这么做。没有她我们绝对不会离开这个星球。”

“那我就拭目以待，”安娜说，“任务总是第一位的，时间不等人。”

“不，我的船员是第一位的。”达什依然没有放弃。

他还没来得及思考，这些话就自己从他的嘴里冒出来了。他的确是这么想的，在他的内心深处。

但是……

任务的时限只剩下八十四天了，还有两个星球要去。如果科林和安娜想要玩狠的，拿派珀来和他对峙，达什还能不能接下这个赌局？

第16章

“快点！”克里斯催促道。地鳗离他们更近了。

卡莉和加布里埃尔用自己的身体压着充满水的训练服，水从里面源源不断地被挤出来。他们的手因为长时间压着那些坚硬的疙疙瘩瘩的小圆球而开始疼痛，有这些东西在里面，训练服是不可能被叠成平时那样小的。

克里斯正在监视着地鳗的移动。“现在已经来不及了，”他终于说，“旁边的隧道走不通了。”

卡莉警觉地抬起头，“它已经经过了最近的路口了？”

“它大概是来喝水的，”克里斯说，“我们只能在洞窟里等着。”

他们把训练服尽力叠到最小，把它抬到了卡莉的马鞍后面。他们用带着的绳子把训练服绑在了闪电的臀部上。在三匹飞马之中，闪电的身体最长，而且它似乎也不介意有一团湿乎乎的东西绑在它的屁股上，它似乎是知道自己的任务有多重要，平静地等待着他们完成这一切。

三个人爬上了各自的飞马。圆筒兴高采烈地向水边小跑过去。“棒极了，”加布里埃尔发牢骚，“又要回到虎穴里去。”

“噢，”卡莉催促着闪电前进，“刺蝠可是很中意你呢。”

加布里埃尔瞪了她一眼。他们飞进了洞窟之中，等待着，用飞马不断扇动的翅膀抵抗着刺蝠的骚扰。

在他们身下，地鳗把它那和一间房差不多大小的脑袋滑进了水里。

“没有障碍了，我们赶快离开这儿。”卡莉说。

“你们把我从湖洞里救了出来，我来把你们从隧道里带出去。”加布里埃尔说，他带着圆筒打头阵，“祈祷地鳗不会彻底毁了我的计划吧。”

“你还有计划？”卡莉问道。

“这可是我的秘密武器，”加布里埃尔向她保证，“我迄今为止最大的计谋。瞧着吧。”他从背包里拿出了一把杰凯尔人特制的荧光黄色把手的手电筒，并把它打开了。

在黑暗之中，手电筒就像灯塔一样闪耀，和飞马的眼睛差不多亮。不过相比之下，手电筒的光更强烈一些。尽管隧道被飞马眼睛发出的光照亮了，卡莉依然能够看见手电筒那向前直射而出的灯光。

加布里埃尔把手电筒向上照去，墙上似乎有什么东西正在反射着光。

“那是颜料吗？”卡莉问。

加布里埃尔点了点头。

“保险箱里的那些？”

“没错，那些确实是隧道导航系统！”他大笑着说，“只不过非常原始而已。”他像个乐队指挥家一样挥舞着手里的手电筒。

卡莉也笑了起来，“把我们带回去吧，大艺术家！”

她和克里斯在加布里埃尔的带领下在隧道内穿梭着。

“你之前在墙上弹来弹去就是在画这些吗？”卡莉大声问道。

加布里埃尔机灵地笑了笑，“尽管怀疑我吧，我不会在意的。我可是忙着救我们大家的命呢。”

“回头想想，我之前还在同情你不能好好地飞呢。”卡莉说，知道加布里埃尔不是那样笨拙的骑手着实让她松了一口气，他那疯狂的举动是有原因的，“这些颜料能把我们带出去吗？”

“相信我吧。”

飞马拍打着翅膀，产生了轻柔的嗖嗖声。声音越来越大，他们差点都没发现等待着他们的是什么。

“地鳗！”加布里埃尔吼道，他猛地一拉缰绳，把圆筒拉得直起了身子。卡莉和克里斯的坐骑还没等他们两个反应过来就应声而立。

一条锯齿地鳗，以他们之前不曾见过的高速迎面而来，那咬牙切齿的声音就像是建筑工具发出来的一样。

“快！”加布里埃尔尖叫着，“掉头，掉头！”

三匹飞马毫不迟疑，掉头就跑。他们迅速逃离来势汹汹的地鳗，一头冲进了黑暗之中。加布里埃尔并没有在第一时间意识到他的飞马已经不再受控制——圆筒正在随意地选择逃跑的路线。他赶忙拉紧了缰绳，使圆筒停在了半空中，等待着队友们赶上来。

加布里埃尔用手电筒照了照附近的墙壁，没有找到颜料的痕迹，“哦，不。”

“没了路标？”卡莉说。

“那我们最好原路返回。”克里斯说。

“回去找死亡之牙吗？”卡莉说，“我不这么认为。还有备选方案吗？”

“呃……我们可以试着绕一圈。”加布里埃尔看着地图说，“这边走。”

他打开了腰间的颜料罐，“我会继续标记我们的路线，以防之后我们还要折返回来。”

加布里埃尔在墙上画了一个大大的“G”。

卡莉忍俊不禁，“留下你的标签？”

“你最好是这么想，”加布里埃尔得意扬扬地举起了他的刷子，就像跑步运动员第一个冲过终点之后那样，“加布里埃尔到此一游。”

他们身后那只地鳗离得更近了。加布里埃尔准备好刷子，飞马们像离弦的箭一般飞奔出去，躲避即将到来的血盆大口。

他们集体向右转。这样一直转下去，应该能带他们回到原来的地方。但是事与愿违，加布里埃尔找不到任何之前留下的标记。

而且加布里埃尔感觉他们似乎在向下走，更深入地底而不是接近地表。他们必须回去。于是在下一个路口，他带着他们向上飞去，只见——

“哦，不。”

他们看到了巨大的“G”。加布里埃尔抓着缰绳，骑着圆筒，浮在半空，惊恐地盯着他的标记。

“现在我知道为什么这个地方被叫作无限了。”卡莉干巴巴地说。

“我彻底失去方向了，”加布里埃尔承认，“我们在什么地方出了大岔子。”一种绝望的、坠入深渊的感觉席卷了他。他的任务是导航，他让队友们失望了，他们有可能永远迷失在这些隧道里。

“我想我们被追赶的时候只拐了一个弯，”克里斯说，他指着什么地方，“在那儿。”一开始追着他们的地鳗现在已然不见踪影，他们可以沿着原路返回。

“也许我们还能找到标记，”卡莉说，“现在还不能放弃。”

“好吧。”加布里埃尔说，想要表现得更有信心一点。他带着他们往回走，用手电的灯光扫向墙壁。什么都没有。

什么都没有。

什么都没有。

最终……

“啊！”

加布里埃尔停住了，手电筒照着墙壁上一块小小的颜料斑。这一定是他最早的时候画的。拉莫斯上校告诉他，这些涂料的精妙之处在于它们会在几个小时之内失去效力，大约经过一天的时间，它们就会彻底消失不见，这样就不会把之后的人引入歧途。

加布里埃尔恢复了一些自信，但是附近仍然不安全。前面的隧道里回荡着撕扯岩块的声音，他们还看不见地鳗，但是它肯定在来的路上，而且是没有被标记过的。在加布里埃尔的地图上，周围没有显示出一只地鳗。

“那是我们要走的路。”加布里埃尔指着声音传过来的地方说。他曾经迷路了一次，同样的事绝对不会发生第二次。

“呃，我们不能……”克里斯说，“再做标记吧，我们只要再跟着它们回来就好了。”他转过身去，但是几乎就在一瞬间又转了回来。

“如果我们在这儿等着的话，一定会送命的，”卡莉提醒他，“地鳗可不懂得文明礼让。”

“去那边也不行。”克里斯说，指着另一个方向，那里也有一条地鳗！

他们成了瓮中之鳖。

“别再这样了。”加布里埃尔哀号着，绝望和无力感又一次袭来，这已经是一天之内的第三次了。

三振，出局。他无法让脑海中的这个声音停止呼喊。

他很庆幸他的训练服计划没有把他拽入湖底。他也很庆幸自己和卡莉没有因为死胡同而丧命。但是他绝不相信有一个隐秘的裂缝能够藏得下他们三个人，外加三匹飞马，还有一件被弄得一团糟的训练服。

卡莉拉了拉闪电的缰绳，把它转了过来，“现在怎么办？”

克里斯把手伸向马鞍的侧边，抽出了长剑，“现在，我们战斗。”

第17章

导航甲板上，达什站在蒸汽和火箭之间，透过屏幕盯着清澈的天空。他们都已经好久没有移动了。

达什的脑子飞快地转着，仔细思索着每一个可行的营救方案。战火正在两伙人之间蔓延——派珀被困在光刃号上，卡莉和加布里埃尔仍旧在地下，不过至少还有克里斯陪着他们。

派珀现在孤立无援。

但是达什没有任何办法到她身边去。就连蒸汽的机器人大脑也无法想到除云猫号和悬浮座椅之外还有什么能让他飞越这鸿沟的方法。

他的每一寸肌肤都渴望着做什么，但是没有任何事情是他能做的。

达什转向火箭。“你怎么想，伙计？”他问道，“你有什么好主意吗？”

火箭坐在地上叫了两声，用尾巴缠着脚。它抬起头用悲伤的眼神看着达什。

“好吧，好吧，”达什说，竭尽全力控制住自己内心的怒火，“我们等待。”

两只地鳗正从不同的方向接近阿尔法队的成员们。

“两只地鳗面对面相遇会发生什么？”卡莉问。这样疯狂的剧本，他们在之前的准备会上可没有讨论过。

“绝对不能让那种事情发生。”克里斯说，抽出了他的剑。

“他们肯定不会吃掉对方吧。”加布里埃尔说。

“他们会为了主导权而打斗，然后其中的一条会掉头离开，”克里斯说，“或者打到隧道坍塌。”

加布里埃尔都不敢想象那样的事情。他努力吞了口口水，“一条会掉头……然后造一条新隧道？”

克里斯点了点头，“我们可不想被卷入其中。”

卡莉感觉耳朵后面有一股拉扯感。

那朵苔藓花！

也许，这朵奇怪的花又在试着帮助他们。花茎缠绕在她的头发上，突然向上拉扯了三次，接着又是三次。

卡莉向上看去，目光掠过石头的表面。上方除了天花板外一无所有，没有秘密的小房间或是烟囱管道供他们藏身，没有任何神奇的事情发生。

“怎么了？”她低声细语道，希望这朵花儿能听懂。

卷须又一次向上拽，花瓣拍打着她的耳朵，就像翅膀一样。

翅膀？该不会是……

卡莉催促着闪电。他们身后的地鳗塞满了整个隧道，但是冲着他们而来的地鳗相对较小，而且前方的隧道很高。

“隧道顶部有足够的空间，”卡莉提议道，“我们可以从它身上飞过去！”

“我不确定……”克里斯说，他已经把剑拿在手上准备战斗了。

卡莉却越来越相信自己的想法，这是他们一定要做的事。

“闪电，伙计，我们能做到吗？”

飞马嘶叫了两声并拍了拍翅膀，冲着隧道顶部飞去。它把后腿向后伸直前腿向前伸直，就好像是在障碍赛里跨越栏杆准备落地时的姿势。

卡莉弯下身子紧紧贴着闪电的后脖子。地鳗啃咬岩石的声音变得更大也更近了。卡莉闭上了眼，把一切都交给了飞马，它那结实的肌肉给了卡莉信心。它可以做到的，也许它之前已经成功了几百次。

加布里埃尔和克里斯飞到了卡莉身后的缝隙中。

地鳗从他们下方爬了过去。

“这可真是挤得慌！”加布里埃尔说。

“地鳗的嘴巴里更挤。”克里斯说，他说的并没有错。

“我们就像给针穿线一样。”卡莉加了一句，拍了拍闪电的脖子。

他们继续前进，加布里埃尔也在继续给他们的路线做着标记。很快他们身后响起一阵咆哮声，两只地鳗打起来了！

加布里埃尔回过头去看，“不知道哪一条会赢。”

“一般来说是更大的那一条。”克里斯说。哪一条更有优势似乎是很明显的事情。

“我赌那条小的会赢，它看起来很好斗。”卡莉说。

加布里埃尔也同意她的看法，“永远别把话说得太绝了，哥们儿。”

克里斯耸耸肩，“这是正常逻辑。我们刚才遭遇的应该是我们有可能遇到的最糟糕的状况了。”

加布里埃尔呻吟道：“别再说了，你会把霉运招来的。”

当然，克里斯可不会认同人类的迷信思想，“我可没有说过我们会再被两条地鳗包围。”

“好吧，没错。希望这样的事儿别再发生了。”

他们又来到了一个路口。“现在走哪边？”卡莉问。

“右边。”加布里埃尔说。

“你总是选右边，并且我们总是会遇到麻烦。”卡莉说。

“我每次都选对了，所以我们都还活着。”加布里埃尔纠正她。

卡莉哑口无言。

他们转向右边。

“我感觉我们好像越来越深入了，”飞了一会儿之后，卡莉叫道，“你觉得这是最好的路线吗？”

加布里埃尔让圆筒放缓了速度。飞马落到地上围成一圈，以便他们的骑手可以互相交流。

“我们去找找其他的出口吧，”克里斯提议道，“也许有什么东西正在接近。而且我们最好还是不要再回到杰凯尔人的营地了。”

“为什么？”卡莉问。

“这样我们就不需要再进行复杂的交涉了。”克里斯说。

“不，”卡莉坚定地说，“我们必须弄清楚发生了什么。”

加布里埃尔也同意她的意见，“知道真相之前我们是不会走的。”

几十码开外，一阵可怕的撕咬声传了过来，一条地鳗正穿过墙壁，垂直地进入这条隧道。它滑过空旷的隧道，撕扯着空气，然后继续开辟新的隧道。这提醒他们：不能在这里徘徊太久。

“告诉我们。”加布里埃尔坚持道。

克里斯叹了一口气，终于说：“杰凯尔人是科学家，同时也是……收藏家。”

“收藏家？”卡莉重复着克里斯的话，“收藏什么？”

“样本，其他物种，一切可供他们研究的。”

加布里埃尔点点头，“所以……这就是他认为我们是礼物的原因。他想把我们纳入收藏？”

“去做科学研究？”卡莉惊恐地说。

“拉莫斯上校也许不会这么做，”克里斯向他们保证，“再也不会这么做了。我们很幸运，他是唯一一个留下来的人。”

加布里埃尔怒上心头，“你怎么可以向我们隐瞒这么久？你把我们带进了陷阱里！”

“一个很明显的陷阱。”克里斯承认道，“我曾经凭智慧胜过他们一次，我想这次我还能做到，而且更快。”

“为什么上校不会这么做？”卡莉问。

“当时是他救了我的命。”克里斯说，“他把我看作是他的朋友。”

加布里埃尔不屑地哼了一声，“有这样的朋友，谁还需要敌人？”

克里斯冷冷地看了他一眼说：“在拉莫斯上校的帮助下，我才得以从杰凯尔人手中逃脱，但是花费的时间比你们能想到的多得多。”

“你是怎么逃掉的？”

骑士踱了踱步子并且开始啼叫，克里斯拉紧了它的缰绳，“这个故事也许要等到我们安全地回到云豹号之后再说了。”

“我们先去找出口吧。”加布里埃尔也认为当务之急是离开这里。

不到一分钟之后，前方的隧道被一些正在朝他们逼近的细小的光线照亮了。

“野生的飞马？”加布里埃尔好奇道，但是这些光却比飞马的光弱很多。

“不是野生的飞马，”克里斯说，“是我们的对手。”

他比卡莉和加布里埃尔先看到另外三人。但是另外两人也只疑惑了一小会儿。

拉维、西恩娜和尼克从黑暗之中冲了出来，带着他们的手电筒。“后面有地鳗！”拉维吼道，“快闪开！”

地鳗来势汹汹，它的速度比他们之前见过的都要快上许多。奥米伽队的成员们马力全开才能不被它追上。

“骑上来。”卡莉说。她让闪电落到地上，西恩娜跳了上来坐到了她身后。

“谢啦！”西恩娜大声说道，“噢，为什么它那么湿？”她回头看着绑在闪电臀上的被浸湿了的训练服说。

“不情愿的话我不强迫你上来。”卡莉咕哝着。西恩娜安静了下来。

拉维和加布里埃尔一起骑到了圆筒身上，尼克跳到了克里斯身后。他们全速前进着，回到了来时的路。飞马们很快就把地鳗甩在了身后。

寻找另一个出口的计划看来是行不通了，他们发现自己又在跟随着加布里埃尔留下的标记飞行。

“你们的飞马呢？”卡莉问。

“我们在洞窟里把它们弄丢了。”西恩娜说，“我们得把它们停下来才能去捉刺蝠，然后一只地鳗出现了。我们没能及时赶回去，它们受到了惊吓就飞走了。”

就在这时，卡莉注意到西恩娜手中拿着一个蠕动着的网包，里面全是刺蝠！

“啊呀，”卡莉说，“这样做安全吗？”

“当然，”西恩娜说，“它们的尾巴穿不过网孔。”

“前面还有一个洞窟。”加布里埃尔大喊道，他在地图上发现了它的存在，“向右转！”

他们来到了一个有之前的湖洞一半大的拱形大洞里。

就在一瞬间，他们就明白了克里斯之前的话是错误的。绝对有比被两条迎面而来的地鳗夹在中间更糟糕的事情。

卡莉尖叫了起来。她扯着闪电的缰绳想要让它回头，但是男孩子们和他们的飞马就在她们身后。它们飞得很快，一匹接着一匹，卡莉只能向左下方闪身以躲避突出的尖石。

西恩娜在不断地尖叫，并且丢掉了那一包刺蝠，紧紧地抱住卡莉。闪电来回躲闪着以防撞到地上和头顶突然出现的一大堆凸起的岩石。这些石笋和钟乳石是那么大，都可以用来做雕像了。

在她们身后，小伙子们也同样惊慌失措，他们只能到处飞着躲避岩石。拉维的喉咙里传来了一声呜咽，听起来像是在说“这一定是在开玩笑”。

洞穴里面并不是空无一物的，周围全是乱糟糟的小隧道和被凿出来的窝。这些小隧道太小了，根本容不下飞马飞过，而且其中有很多早就被占用了。

这根本不是一个湖洞，这是一个巢穴。

第18章

他们被困在了满是地鳗的洞穴里。墙上有地鳗，地面上有地鳗，洞口也有地鳗。

卡莉第一眼扫过去，就看到了六只成年的地鳗和数不清的小地鳗。到处都是连成网的小隧道。

最小的地鳗就像虫子一样在隧道里蠕动着。

小并不是合适的词语。对于地鳗来说它们也许很小，但是对于人来说它们仍旧巨大。最小的地鳗有四到五英尺高——和卡莉的身高一样。

正在滑行的地鳗，正在咀嚼的地鳗，正在洞穴一侧的小湖里喝水的地鳗，它们趴在鹅卵石上懒洋洋地吧唧着嘴，还有一小群刺蝠正从上面攻击着它们。看起来它们就像是在地底晒太阳浴一样。

小一点的地鳗在岩石中间咬出的小隧道成了一个网络，也许可以让一个人通过，但是飞马绝对不行。在地图上看起来无害的洞窟成了他们真正的梦魇。

“不！”克里斯惊呼道，他猛地向上拉骑士的缰绳。尼克并没有为此做好准备，他还来不及抓住就从飞马的后背上滑了下来，重重地摔到了一群围成圈的小地鳗的中间。

尼克甩了甩头以缓解因跌落导致的眩晕，并努力地站了起来。他发现自己正面对着一群年轻的地鳗，它们正在学习如何使用自己的下巴，沿着一个特定的方向不断地咬动着自己的嘴巴。

尼克转了一圈，想要找到出去的路，但他被彻底包围了。

最小的地鳗的叫声听起来像是婴儿的咯咯声。它们发出好似在用石头漱口般的声音，因为它们还没有学会怎么吞咽。

尼克身上没有任何能抵挡它们的东西。

克里斯与骑士在上方盘旋着。地鳗围成的圆圈太小了，飞马无法着陆。

克里斯抽出了剑并刺向了一只小地鳗正在咬合的嘴。它痛苦地倒地，磕到了牙齿，并且在它的一个兄弟身边胡乱扭动着，打破了队形。尼克飞快地冲了出去，向着一条小隧道跑去。

“用剑刺它们，”克里斯对着其他人大声说，“它们会变得混乱，但是马上就会恢复，快！”

“我们要帮尼克！”卡莉大声说。她让闪电降落在洞穴边缘，并从飞马上下来。她只犹豫了一会儿就从马鞍旁的剑鞘里抽出了剑，西恩娜则抽出了另一侧的剑。

“我们给他开路，”卡莉说，“但是…”

“我们要同心协力。”西恩娜附和道。两个女孩儿的目光交汇到了一起。在这样生死攸关的时刻，双方的竞争已经不再重要了。

“没什么好害怕的。”卡莉抓紧了剑跑进巢穴中。

在巢穴里飞行实在是太困难了，里面有太多石头和障碍物。所以加布里埃尔和克里斯也让他们的飞马降落了。

尼克沿着隧道一路跑到了湖的附近。他跑向了错误的方向，但是谁又能指责他呢？他正忙着实现一个最重要的目标：不要被吃掉。

只有依靠别人的帮助他才能够出来，而且这需要大量的团队合作才有可能成功。

尼克跑到了小湖的旁边才发现自己搞错了方向。刺蝠从他的头上掠过，他只能躲到洞穴内干燥的地方。

其他人正在努力地穿过洞穴到尼克身边，一边躲一边用剑刺着小地鳗。他们都在试着给他开辟一条道路，却被无数的地鳗挡住了去路。

没过多久，旅行者们就被逼得背靠背，围成一个圈战斗着。他们躲闪、格斗，用尽一切办法想要保住性命。克里斯勇敢地冲上前去，在刀光剑影之中穿梭着，想要把地鳗击退。

真正令他们头疼的是大地鳗。它笔直地朝着没有招架之力的小地鳗冲过来，赫然耸立在克里斯面前。它有十五英尺高，它的嘴有普通人家的起居室那么大，像一个无底洞，队员们都可以在它的嘴巴里坐下来共进晚餐了。加布里埃尔这么想着，突然为此而大笑起来。那是一种疯狂的笑，是“我们都要去死了”那样的笑。

地鳗的身长超过八十英尺，尾巴的部分是蜷缩着的。它又粗又长，把出口堵了个严实。

想都不用想就知道，他们的剑都不可能有效地伤到地鳗的头。他们能做的只是尽力去刺、去戳，但这只会让地鳗越来越愤怒，好像他们在串通一气戏弄它。

猛刺，闪避。然后再猛刺，再闪避。终于，他们这样的反复攻击开始把它驱离隧道。小地鳗则蠕动着身体寻找安全的地方，就好像是收到了什么警报一样。

队员们包围了最大的地鳗。

突然间，拉维意识到，他、西恩娜和尼克正身处地鳗身边靠近隧道的一侧。

奥米伽队队员们可以安全地逃离了。

拉维抓住了西恩娜的胳膊，拉着她跑向隧道。“快跑！”他对尼克大喊，“我们得从这儿出去！”

尼克心领神会。他的头还因为快节奏的战斗而有些晕乎乎的，他之前成功地刺伤了大地鳗的尾巴。但拉维是对的，是时候离开了。

“但是——阿尔法队——”西恩娜大叫道，不可避免地被队友们拉进隧道。在这样的紧要关头把他们留在身后是不对的。

“别管他们了，”拉维说，“我们安全了，这才是最重要的。”

三个奥米伽队队员冲进了隧道。比起骑在飞马的背上来说，跑步实在不是一个好选择，而在他们面前正巧有三匹飞马唾手可得。

“来啊，”拉维说，抓住圆筒的缰绳，“我们用它们逃跑。”

“不行，”西恩娜说，“阿尔法队怎么回去？我们必须在这儿等他们。”

“我们之前也没有飞马，他们会没事的。”尼克说。他跳到了骑士的背上。

西恩娜朝第三匹飞马转过身去，它平静地回视她。

“到我这里来，如果你不嫌弃的话，”尼克说，“我们越快离开越好。”

西恩娜转身面向着地鳗巢穴，罪恶感笼罩了她。卡莉和加布里埃尔被包围了。

“嗨。”拉维拿起两袋刺蝠——他和西恩娜的，“如果你担心的话，我已经拿上你的包了。”在之前的战斗中，他发现了西恩娜的包并把它带在了身上。

“快点儿，不然我们就要丢下你了。”拉维催促道。

这是抉择的时刻。西恩娜可以跑回巢穴里帮助阿尔法队。

也很有可能会死。

或者，最终，如果他们不接纳她呢?

西恩娜跑到了尼克的坐骑旁边，爬到了尼克身后的马鞍上。“我们不能什么都不给他们留下。”她说。罪恶和羞耻感侵占了她的内心,把朋友就这么留在危险之中实在是罪大恶极。他们是敌人，不是朋友！西恩娜提醒着自己，但是她并不能说服她自己。

奥米伽队队员们飞向了黑暗之中，那些金属一般撕咬着的巨牙消失在背景里。

此刻在地鳗洞穴里，那些牙齿对于阿尔法队来说是头等难题。他们现在孤立无援，没有了另一侧的骚扰，地鳗把他们包围在了中间。克里斯跌跌撞撞地跑向它的尾巴，希望能找到它的弱点并加以攻击，也许这能让它转向另一侧。但是它的尾巴蜷曲成厚实的一团，克里斯的攻击对它没有丝毫的作用。

卡莉和加布里埃尔正试图摆脱地鳗的血盆大口，他们上气不接下气，磕磕绊绊地冲向小隧道。但是他们没办法跑得太快，一群小地鳗正在前面等着他们。

更为雪上加霜的是，一小群刺蝠正朝他们俯冲下来。

“我们离水边太近了！”加布里埃尔看着周围说。他能够感觉自己的皮肤被水气弄得非常黏滑。

“你有什么高见？”卡莉大声说道。他们面前的小地鳗正在漫无目的地开闭着嘴巴，想要找些什么东西来锻炼牙齿。

“回到干燥的地方去！”

“说起来容易。”卡莉一边抱怨，一边挥舞着她的剑。她转过身去，准备再一次面对大地鳗。

就在这时，她从鹅卵石上滑了下去，背着地磕到了一块突起的岩石上，差点儿没喘过气来。她的剑咣当一声摔到了一旁的地上。卡莉想要伸手拿剑，但是它离得太远了。一只小地鳗从剑的上方滑过，把它在满是珠宝的河岸上碾得粉碎。

大地鳗把碍事的小地鳗推开，一点点追近他们。

地鳗的牙齿还是那样令人生畏。从近处看过去，就像是一台碾压垃圾的机器。一排排的牙齿，以卡莉肉眼可见的速度向前碾过去。

在她身边，加布里埃尔本能地扭动着身子躲避着地鳗的嘴。刺蝠离得越来越近了，这次可没有泡沫防护服来保护他了，他随时都有可能挨上致命的一刺。

卡莉和加布里埃尔互相看了一眼，满是恐惧的最后一眼。

一切都结束了。

什么都没有了。

“嗨咿咦咦咦呀！”一阵刺耳的犹如狗吠加水泥搅拌器搅

拌般的大叫声响彻了整个洞穴。飞马的翅膀卷起来的风搅动着空气，那群刺蝠落荒而逃，向洞穴的最高处飞去。地鳗感知到了看不见的危险，纷纷扭动着身子逃向水边。

最大的那只地鳗被迅捷而强有力的剑刺中，发出了痛苦的嘶叫声。它扬起了脑袋，然后倒向一边。

卡莉和加布里埃尔艰难地爬到了安全的地方。拉莫斯上校骑在最老的飞马风暴的背上，在洞穴里俯冲直下，手里挥舞着两把长长的银剑。

第19章

拉莫斯上校和风暴很快控制住了局面。卡莉把头抬了起来，目光所及之处不见刺蝠的踪影。

拉莫斯上校正在大喊着什么。他挥动着剑刺中了第二只大地鳗的前额，两条大地鳗痛苦地翻腾着。其中一条一头栽进了水中，惊到了那些小地鳗。另一条则撞到了满是小隧道的墙上，它蜷曲在碎石上，治疗着自己的伤。

它们并没有死，卡莉提醒自己说，只是暂时丧失了行动能力。当然如果上校真的杀了它们，卡莉也不会介意。

拉莫斯上校在朝着孩子们急切地挥着手，撕心裂肺地吼着些什么。

加布里埃尔在地上扭了扭身子，伸手去打开腕带电脑上的翻译器。

“他说快跑，”克里斯说，“趁着地鳗还没恢复过来赶快离开这儿，他会拖住它们的。”

三人踉踉跄跄地跑到了隧道口，火速冲到了飞马所在的地方。只有闪电安静地等在那里。

他们立刻就明白了发生了什么。

卡莉说："那些混蛋！"

"把我们留在这儿还带走了我们的坐骑？"加布里埃尔怒气冲冲地说，"猜到了。"

"我真不敢相信。"卡莉咕哝道。在里面的时候，有那么一瞬间，和奥米伽队队员们的合作很愉快。卡莉以为这会一直延续下去，但是接下来他们就逃跑了并且做出这样的事情。她的胸口因为愤怒和喘不过气而疼痛。"至少他们没有带走我们的孢子。"

"我猜他们肯定会带走的，"加布里埃尔苦涩地说，"如果他们知道里面是什么的话。"

"我们该怎么办？"卡莉大声问着。

"我们只能一起骑上闪电，"加布里埃尔说，"它应该可以把我们都带上。"

卡莉骑了上去，加布里埃尔也跟着她爬到了闪电的背上。他尽量贴近卡莉，好给克里斯留出地方。但是这样还是不够，即便算上后面训练服占用的空间,马背上也容不下第三个人了。

克里斯告诉他们："你们先走吧。"

卡莉让闪电转过身，尾巴对着克里斯。"我们能坐得下。"

但是克里斯向后退去。"我不想丢下上校。"他说。

"我们现在安全了，"卡莉说，"我相信上校一个人会没事的。"

克里斯转过身去，面对着洞穴。剩下的那些雌性地鳗正在集结，那些被分开的地鳗也正慢慢恢复体力。上校和风暴勇敢地战斗着，但他们还是被包围了。

突然，老飞马不再飞翔，它降落到洞穴中间，收起了翅膀。上校端坐在它的背上，两手拿着剑，静待着地鳗慢慢接近。

卡莉突然害怕起来，“上校！快跟我们来，快来啊！”

但是通向隧道口的路已经被一只恢复体力的雌性地鳗挡住了。上校闭上了眼睛，举起了剑。

“拉莫斯上校！”加布里埃尔呼喊道。

“我去帮他。”克里斯说。他手中握着他们的最后一把剑，徒步跑向了洞穴。

加布里埃尔点点头，“我们和你一起去。”

克里斯回头大声说：“不，回到飞船上。对你们来说，任务永远是第一位的。”

卡莉和加布里埃尔交换了一个眼神。没有人会被抛下。他们的任务是把这些元素带回地球，但是他们需要带着荣誉和骄傲来完成它。奥米伽队的队员们也许各自为政，但阿尔法队是万众一心的。

没有多余的话语，卡莉骑着闪电飞到了克里斯的身边，冲着地鳗的巢穴而去。

第20章

光刃号的通信控制台突然亮了起来。安娜从她的椅子上跳了起来，听筒里传来了拉维的声音："嗨，我们就快完成任务了。正在赶回飞船的路上。"

"棒极了，"安娜说，"一切都还顺利吗？"

"和预想的一样顺利，"拉维报告道，"除了和阿尔法队有点小小的接触外。他们应该还被困在下面呢。"

安娜愉快地笑了起来。她的船员们可以先回到飞船上，还带着刺蝠和孢子。接招吧，阿尔法队，她心里想着。她结束了和拉维的通信，并开启了和云豹号的通信。

"怎么了？"达什的语气里充满了愤怒，"准备好要把派珀送回来了？"

"我的队员们正在返回的路上，"安娜告诉达什，"我们准备好进行伽马跃迁了，只是告诉你一声。"

"没有派珀我们是不会进行跃迁的，即使等上一百万年也不会。"达什坚持道，他那写满愤怒的脸占据了整个屏幕，"我们会在无限星上生活，然后死在无限星上——带着你们一起。”

安娜放声大笑：“你可别开玩笑了，达什。你压根儿不会唬人。”她重重地按下按钮结束了通话。

现在显示器上出现的是派珀的身影，她被牢牢地绑在甲板下的储藏室内。安娜把显示器彻底地关掉了。也许她的队员们最终还是会知道派珀正和他们在一起，但现在她还是想把这个秘密藏在心里。

克里斯跑进地鳗的巢穴，躲闪着小地鳗。他以不可阻挡之势径直向着拉莫斯上校冲了过去。克里斯对着上校大喊着些什么，上校也回应道：“不，把我留下吧！”他重复了一遍又一遍。克里斯抓住了缰绳，试着将风暴带出洞穴。

闪电带着卡莉和加布里埃尔快速穿过洞口，在洞穴顶上打着小圈。

“看看谁才是疯子啊？”加布里埃尔说着，看着克里斯挥舞着剑，扫清路上的障碍。

“我们不能待在这儿，”卡莉突然警觉起来，“我们没有能战斗的东西。”手里没有武器，他们绝对不可能下马迎战，并且四周也没有多少空间供他们飞行。闪电只能在有限的空间里盘旋着，轻轻地叫着，发泄沮丧的情绪。

加布里埃尔在半空中用飞机驾驶员似的眼睛仔细打量着地上的情形。“克里斯需要一条通往出口的路。我们也许帮不上什么大忙，但是至少可以把出口清理干净。”

卡莉驾着闪电向下飞去。闪电用自己的蹄子击打着小地鳗的头，把它们搞得晕头转向。

“就是现在，克里斯！”加布里埃尔冲着他们大叫着，而卡莉则忙着控制方向。

克里斯骑到了风暴的身上，紧挨着上校。年迈的飞马重新振作起精神，似乎是意识到自己的任务还没有结束。它展开翅膀，带着两个外星人飞出了洞口。

卡莉和加布里埃尔的飞马紧随其后，也逃出了巢穴。

“你们在干什么？”拉莫斯上校吼道，“为什么？为什么要这样做？”

“加布里埃尔，带路。”克里斯提高嗓门，盖过了拉莫斯上校的哀号声。

加布里埃尔检查了一下腕带电脑上的地鳗探测功能。他可以负得起这个责任，他应该负起这个责任，毕竟他是导航员。他知道这次他做好标记了，特制的手电筒也准备好了。事实上，卡莉早已经骑着闪电飞到了前面，准备好要听从加布里埃尔的指示了。

这一刻是为他准备的。达什并不在这儿，不能领导他。加布里埃尔能够带领大家逃离无限星，每个人都会因此感谢他的。他已经能感觉到成为救世主那激动的心情了。在驾驶云猫号的时候，关闭自动驾驶的时候他从来不会犹豫，因为他知道仅凭自己也可以做得同样好，甚至更好。

但是有时候，团队协作意味着不能掌控一切，不能追逐那些不必要的荣光。

“我们应该跟着风暴，”加布里埃尔做出决定，他关上了手电筒，“拉莫斯上校说它总是能找到回去的路。”

这才是正确的决定。

他们放开了缰绳，风暴和闪电凭借着它们的第六感在隧道中风驰电掣。没有一丝延误，没有过多的迟疑，飞马很快就找到了杰凯尔人的基地。回家对于这些生物来说，水到渠成一般自然。

飞马们轻巧地飞入了自己的洞穴，并优雅地着陆，抖动着它们的翅膀。

拉莫斯上校气呼呼地下马。“你们这些疯狂的人类！”他尖叫道，“我给你们开了路，我给了你们胜利！”

“我们都活下来了，上校。”卡莉说。

“这才是真正的胜利。”加布里埃尔对于上校的怒火感到不解。

“白痴！”上校迈着大步怒气冲冲地走向自己的房间。卡莉和加布里埃尔赶忙跟上去。

克里斯把训练服从闪电的臀部上解了下来，并帮它拿掉了马鞍。训练服已经干了，但它仍旧非常重。克里斯拖着它走进了杰凯尔人的居所。

他赶上了其他人，正巧看到拉莫斯把自己丢进了他那高高的扶手椅里。

上校垂着他的头。“你们为什么要为我回来？”他唉声叹气地说，面颊在颤抖。

“我们不能丢下你，让你去死。”加布里埃尔说。

“你们当然可以！这是一个战士应该承受的痛苦。”

“你的首要身份是科学家。”卡莉说，“你不管那些科学研究了吗？你不想有朝一日重返家园吗？”

拉莫斯上校用袖子擦着额头，“渺小的人类，你们根本没有在听。我是永远不会回去的。”

“这个你不得而知，如果有一天你改变了想法呢？”

上校冷冷地凝视着他们，“宇宙中还有很多你们不理解的事情。”

卡莉心想这也许是真的。“我去给你泡杯茶，”她提议说，“这也许能让你感觉好点儿。”她从礼物盒子里拆开了一包芙蓉茶，盒子之前一直放在咖啡桌上。克里斯给她指了指食物准备区里的一个水龙头。加布里埃尔则拆开了一包巧克力曲奇，并且给了拉莫斯上校两块，“也尝尝这个吧。”

上校不情愿地接过他们的茶和曲奇。他把他那长长的舌头伸进了茶杯里，闻了闻曲奇的边缘。他咬下了第一口，皱起了眉头，然后又喝了一大口滚烫的茶水，接着他又闻了闻曲奇。

“如果你不想回家的话，你可以和我们一起走。”卡莉说。

加布里埃尔点了点头，“是啊，跟我们走吧。在地球上需要您这样伟大的科学家。”

“渺小的人类啊。”上校重复着这句话，才发现手中的曲奇已经被吃光了。

卡莉和加布里埃尔互相瞥了瞥，他们以为这是个好主意。上校不需要回到自己的星球，但是他也不需要孤身一人。

“你们应该把我留在地鳗巢穴里的，那才是最好的解脱方法，”拉莫斯上校静静地说，“带着荣誉，保护着弱小。对于我这样的人生来说，那会是最好的结局。”

房间里安静了下来。这是被遗弃的实验室的宁静，是空无一物的洞穴和隧道的安静，是被漫长岁月所抛弃的沉寂。

“我很抱歉，”加布里埃尔终于开口，“我们不知道。”

“你把我们从巨大的危机中拯救了出来。”卡莉告诉上校，她把手放在杰凯尔人的肩膀上，“如果我们在知道你要牺牲了自己之后还离开，那简直太可怕了。”

加布里埃尔也应和道：“或者更糟，在我们的余生中不停地想你是不是还活着，”他接着说，“所以说真的，你活着就是在帮我们的忙。”

拉莫斯上校专注地听着他们的话。终于他转向克里斯。“人类这个种族，”他评价说，“他们感情丰富。”

克里斯微笑了起来，“是的，这是他们的天性之一。”

“很好，”上校说，“让我独自待一会儿，不会太久的。”说完，他就转身面对墙壁，在椅子里陷得更深了，大声抱怨自己还活着这个事实。

卡莉和加布里埃尔坐在地毯上，煞费苦心地挑着训练服里的孢子。他们把孢子一个个放到罐子里，克里斯数着数目。等他们弄完了，拉莫斯上校也安静了下来。

“总共有九百九十个。”克里斯面不改色地报着数字。

加布里埃尔拍了拍前额叹道：“不……我们就差一点儿了。”

如果他们不能带着足够的孢子返回云豹号那可就太糟了。他们需要整整一千个，要不整个任务就没有意义了。但是一想起还要回到那些隧道和湖洞里……

等一下！

卡莉灵机一动，“先别急，我们在实验室找到的那些孢子呢？里面有二十多个呢。”

“但是它们都有点儿年代了。”克里斯提醒她。

加布里埃尔翻着他的背包。“我把它们带着了。”他拿出罐子，摇了摇。它们的声音听起来就不一样——干巴巴的沙沙声和新鲜孢子的饱满湿润的感觉形成了鲜明的对比。

拉莫斯上校慢慢地把手从眼睛上抬起来，伸了过来，“来，让我看看它们。”他直起了身子仔细检查着那一罐干瘪的孢子。

“实话说，它们还没有那么老。”他断定，“如果你们需要的话，我可以检测一下它们是否还有效用。”

拉莫斯拿出了些奇形怪状的工具——它们好像微型的石油钻井。上校检测了一下那些孢子。“大约还有五成的效力，”他说道，“所以每个孢子里面含有五十个原毒素。”

卡莉快速心算了一遍。“这样就足够了！”她兴奋地大叫起来，这些干巴巴的孢子拯救了他们。“我们做到了！”

她跳向拉莫斯上校并紧紧地抱住了他，“是你让我们确信了这一点，没有你的帮助我们就没法成功了。”

上校尴尬地拍着卡莉的后背说：“好吧，我想我还是多少帮上了些忙的。”

“看到了吧，”卡莉说，用力朝上校的胳膊上打了一拳，“你还是宝刀未老啊。”

上校的嘴角上扬了些许，“我不知道‘宝刀未老’是什么意思。”

“你当然知道。”加布里埃尔说。他大笑着，很高兴自己能第一次看到上校克制住笑意的样子。

“你会和我们一起走吗，上校？”卡莉再次提议道。

“我们的飞船上有足够的空间。”加布里埃尔提醒他说。

“这里是我的家，”拉莫斯上校说，语气又恢复了往常的生硬，“这是我选择的生活。”

“求您了？”

“就让我一个人待着吧。”上校说，他的表情几乎没有变化，但是卡莉相信他看着他们的眼神更真挚了，“还有许多实验等着我去完成。比方说，接下来我就需要掌握做巧克力曲奇的要领。”

第21章

在他们返回云猫号的路上，卡莉的眼中满是泪花。她尝试着去想各式各样的事情，但似乎一切都不重要了，拉莫斯上校最终还是拒绝了他们的邀请。

“我不能就这样带着人情而离开。”克里斯低声说。他和拉莫斯正把手臂勾在一起做着什么外星人之间的拥抱动作。

“你不再欠我什么了。”上校回答说，“这次我送你们离开，你的身份不再是囚犯而是我的朋友，送你走也不再是什么冒险的举动。”

卡莉把自己的苔藓花给了上校。这朵花儿是自愿离开的。卡莉把手指插入发中，那朵花就由着卡莉把自己摘下来。当她拥抱上校道别时，花安居在了上校衣领的羽毛之中，就像一枚胸针一样。

登陆艇中的气氛压抑到了极点。卡莉试着去想看到他们带回了足够多的刺蝠孢子之后派珀和达什会多么高兴，她还要把加布里埃尔穿着训练服吸引刺蝠的英勇事迹告诉他们。

“别了，无限星。”加布里埃尔说着点燃了引擎。云猫号沿着星球的表面翱翔，穿过杰凯尔人基地的上方冲向云霄。

“再见了，上校。”卡莉轻声说着，把手放在了窗上。从这里她看不到基地里的上校，但是如果上校通过监控器看着他们离开的话，卡莉希望他能看见自己在向他招手。

云猫号向着云豹号呼啸而去，不断地攀升着。卡莉低头注视着星球空旷孤寂的表面，它一点儿也没变，但是在她眼里这一切都不一样了。这宽广而多岩的表面掩盖了那么多事物——那些黑暗，那些生机，那满布洞穴的无数的生命。它们就在那里，这就使得一切都不同了。

回到地上之后，他们的通信系统也恢复了正常。他们向着云豹号发出了通信请求，想让他们知道登陆艇回来了。

“任务，成功。我们要回来啦。”加布里埃尔报告说。

“好极了，我把停泊舱的门打开。”达什的声音听起来既奇怪又拘束，特别是对于一个收到如此好的消息的人来说。

加布里埃尔感到胃里一阵翻腾，但是他强忍下去了。

一切都十分顺利。

事实上，一切都好极了。

他的身体还在因为躲避刺蝠和大战地鳗而微微颤抖着，也许他只是反应过度罢了。

达什在舱门里迎接着他们。

“嗨，伙计，”加布里埃尔一边说，一边从登陆艇里跳了出来，“我们拿到手了。”

克里斯拿起了装满刺蝠孢子的罐子。

这本应该是欢呼雀跃击掌相庆的时刻，但是达什甚至都没有微笑一下。他严肃的神情让其他人都紧张了起来。

加布里埃尔咽了一口口水，他体内的不安又重新出现了，“发生了什么？”

达什嘴里蹦出的第一句话是：“派珀被绑架了。”

“什么？”卡莉倒抽了一口冷气，“你在胡说些什么？”

“我们收到了光刃号发来的求救信号。”达什解释了来龙去脉。他深深地叹了一口气，“他们戏弄了我们。他们要在伽马跃迁的时候把她当作人质。”

加布里埃尔的脸色阴沉了下来，“没门。我们要过去把她带回来。”说着就走向云猫号。

“我们不能和奥米伽队开战。”达什说着，抓住了加布里埃尔的胳膊。

加布里埃尔挣脱了他。“我们已经因为他们的偷窃行为而结下了梁子。”他愤怒地说，想起了在隧道里的遭遇。

“他们绑架派珀的时候就挑起了事端。”卡莉也帮着加布里埃尔说话，“我们没有选择。”

“我们先上楼吧。”达什说，尽量让自己的声音保持平静。毕竟他一整天什么都没做，只想着派珀的事。其他人则是刚刚接受这样惊人的事实，他们当然想要大干一场然后强行把派珀带回来。

他们不知道达什所知道的，他们的看法还不全面。

达什瞄了一眼克里斯，从一开始他就十分平静，他的表情几乎就是一张白纸。

在导航甲板上，他们的争吵继续着。

“所以在他们把派珀送回来之前，我们拒绝离开，”卡莉说，“并且向他们保证不在伽马跃迁的时候丢下他们。”

“他们不会放弃她的。事情肯定会陷入僵局，我们没有那么多的时间。”达什说，只有他自己知道他的时间不多了。他又瞥了瞥克里斯，克里斯正直直地看着他，心不在焉的样子。

“他们也像我们一样急着回到地球，”卡莉争论道，“而且没有我们他们回不去。如果我们拒绝离开，他们不会知道我们是在虚张声势。”

“我们一天的时间也不能浪费。”达什坚持道。

其他人都迷惑不解地看着他。

卡莉不仅仅是疑惑——她简直是怒火中烧。达什真的只关心任务吗？他不是说过那么多关于团队合作的话吗？她不敢相信自己所听到的。

加布里埃尔双手抱着胸。没有人会被落下，他们总是会想尽一切办法帮助有困难的朋友。在地鳗巢穴里的时候他们不是才向拉莫斯上校证明过这一点吗？上校甚至都不是他们的一员。但是达什确实说对了一点，双方会为此僵持不下。

“我们要做出一些比承诺更有效的事情。”加布里埃尔承认道，“我不认为他们会相信我们永远不会丢下他们，因为这是他们会做的事。他们在隧道里的时候证明了这一点。”

克里斯终于开口了：“我们还没有失去派珀，她很安全。我们并没有把她丢在身后。”

“你想就这样不管她然后继续上路？”卡莉说，“在下一个伽马跃迁的时候？”她的眼睛有些湿润，但是她眨了眨眼忍住了眼泪，“那可能持续几个星期，甚至几个月！”

这几个月可是达什耽误不起的。“我是任务的指挥官，”

达什厉声说，“克里斯是我们的向导。我们的意见更加重要。”

“这不公平，”加布里埃尔抗议说，“我们需要第五个人来投票决定。”

“派珀的那一票。”卡莉小声说。

队员们静静地站了很久。卡莉盯着屏幕，上面显示出正在轨道上尾随着他们的光刃号。在无限星上的时候，有那么一刻她还对西恩娜和尼克抱有希望。一起对抗地鳗的感觉是那么好，同心协力是正确的选择，八个人一起对付这宇宙远比四个人来得好。这样彼此敌对真的不是好事，对大家来说都是如此。为什么奥米伽队的队员就是不明白这一点呢？

需要有人来说出事实。卡莉开口了，“派珀肯定会赞成任务第一，”她对其他人说，“你们知道的。”

第22章

尼克、拉维和西恩娜在一番惊心动魄的冒险之后回到了光刃号上。他们抓回的刺蝠因为干燥的空气而变得瘪瘪的。他们没有弄到一千个孢子，除非那些刺蝠可以恢复活力并且产生出更多的孢子。

“我们需要重新让它们湿润起来。”西恩娜说。

“把它们放进迷你桑拿房吗？”拉维提议。

“类似的东西吧，”尼克应道，“但是谁知道被抓住之后它们还能不能产生更多的孢子。”

“我们应该把它们放回洞穴里。”西恩娜争论道，“如果我们带着它们一起走的话，它们会死的。”

“ZRK 可以给它们造一个容器，”尼克建议道，“我们再向里面灌一些蒸汽。不要紧的。”

三人沿着管道来到了娱乐室，他们把刺蝠绑在这里——在伽马跃迁之后再来处理它们比较好。只要云豹号一启动，光刃号就必须立刻跟上，不然就会丢掉他们的跃迁轨迹。

当云豹号的消息传来时，安娜正独自一人待在舰桥上。

“我们要进入伽马速度了，”达什说，“准备好跟上我们。”

安娜冲他微笑了起来，“我们准备好了。看，我们合作得多愉快。”

“不要得意忘形，”达什说，“一到冻原星我们就要和派珀通话。”

“我们会照顾好她的，”安娜答应道，“她可是我们的保险单据啊，记得吗？”

达什绷紧了脸，“伽马跃迁倒计时五秒。”说完便狠狠地按下按钮关闭了通信。

“出去之后再见了。”安娜对着空无一物的屏幕低声说。

其他船员已经到达导航甲板，并且扣紧了安全带，准备进行跃迁。在杂物间里，科林解开了派珀手上的绳子，并用它来把她的椅子牢牢地绑在飞船上。

很明显，他不想让派珀随意走动。

“你可以让我到甲板上去，”派珀告诉他，“我是不会捣乱的。”

“你还是我们的人质，”他答道，“留在这儿。”

门在他身后关上了，留下派珀一个人在这机械声嘈杂的房间里。她看了看这狭小的空间，也就比置物柜大一点儿。各式各样的管道在墙上纵横交错，门也就是一块粗制滥造的铁板。

更糟糕的是，她只能想出一个理由来解释他们为什么要把她绑紧——他们要进入伽马速度了。

派珀强忍住眼睛中的酸涩感。一次伽马跃迁可能持续几星期，甚至是几个月。她要一直当他们的囚犯吗？

她恨这个狭小的房间，透过墙她能听到引擎的声音……还有一种不寻常的嘶嘶嘎嘎的声音。

等他们一进入伽马速度，她就会努力说服他们给自己松绑。他们没有理由不这么做，他们不可能在接下来的几个星期都绑着她。至少她是这么希望的。

派珀的心里有了更大的担忧。到了下一个星球之后，他们会放了她吗？她还能参与之后的任务吗？还是说在接下来的任务中她要一直被关在这儿？一方面，派珀希望达什和其他队友开展大胆的营救行动，但是另一方面，她又觉得任务才是首要的，按时带着索尔斯能源回到地球才是他们的当务之急。

她很想因为自己这么容易上当受骗而踹自己一脚。她的工作得暂停了，全都是因为她要去帮助一个她认为有麻烦的人。下一次，她对自己说，我不会这么愚蠢了。

在伽马跃迁之后，光刃号上的所有成员都松了一口气。在接下来的几个星期里，他们不用担心会迷失在太空中，或者为了躲避外星球的奇异物种而烦恼，他们可以安心地为了冻原星的行动而进行准备了。

“太好了！”拉维欢呼，“搞定四个星球，只剩两个了。”

西恩娜也笑了起来，能从紧张的冒险中脱离出来感觉不错。她朝尼克的方向看了过去，希望他也能报以微笑。

尼克面无表情。他笔直地站在甲板上，并没有看着屏幕或是队员们，而是直勾勾地看着前方，好像有些茫然失神。

“尼克？”西恩娜问道，她的心里又涌起一股异样的不安，“你还好吗？”

尼克眨了眨眼，“是的，我……呃……”他喉咙里发出了奇怪的声音。

“哎呀，伙计，”拉维突然说，“你看起来不大妙啊。”

尼克朝前蹒跚了两步，想把自己支在椅背上，却没想到倒在了地上。拉维和西恩娜赶紧跑过去把他扶了起来。尼克翻着白眼，手臂和肩膀不停地抽搐着。

“尼克！哦，不，”西恩娜哭喊，“发生了什么？”她轻轻地托着尼克的头，拉维则抱住了尼克的身子。

安娜伏下身子来问：“是癫痫吗？”

“是伤。”尼克呻吟着。

“在哪儿？”西恩娜问，“你伤在哪儿了？”

尼克用下巴示意自己的右肩。拉维抓着尼克制服的领子，把它拉到了手臂下面。

西恩娜倒抽了一口冷气：一个指尖大小的红肿出现在尼克的肩窝里，里面有一个刺蝠的孢子！

“我的天啊。”西恩娜轻声说。她和拉维面面相觑，惊恐万分。这真糟糕。

细小的红线从伤口的中间向四周延伸开来，毒素正在入侵尼克的身体。“我们该怎么办？”拉维问，“把孢子挖出来？找些什么机器？”

“我不知道，”安娜在他们头顶上说，“他们只告诉过我们，刺蝠的孢子是致命的。”

西恩娜感觉这些话就像是心头的一记猛拳。拉维垂下了眼睛。

安娜在房间里踱着步，“怎么会发生这种事情？”

科林永远是那么实际，“任务本身就很危险。我们早就知道这一点。”

尼克在西恩娜的怀抱里失去了意识，身体也变软了。

“我们不能就这样让他死去！”西恩娜哭着说，“我们得做些什么。”

“但是尼克是我们的医务员啊，”拉维说，“我们需要他的帮助才能治疗他啊。”

“这个嘛，”安娜说，试着抑制住自己话语中的不安，她瞥了一眼柯林，“我们船上还有另一位医务员。”

西恩娜和拉维向她转过身来，“你在说什么？”

安娜清了清喉咙说：“我们的船舱里有一位客人。”她按了一个按钮，屏幕上显示出了被绑在置物间的派珀，“这是为了防止云豹号耍小花招而做的保险措施。”

西恩娜感到十分惊恐，“你绑架了派珀？”

奥米伽队员们消化着这个大新闻，甲板上一片寂静。

拉维耸了耸肩，“有道理。这下他们肯定不会把我们丢下了。”

西恩娜看了看屏幕上那罪恶的画面，又看了看怀里尼克毫无生气的身躯。

屏幕上，派珀在环顾着房间，似乎是想要找一个逃跑的方法。看着派珀痛苦的脸，西恩娜怒火中烧道：“这太可怕了，我真不敢相信。她人在哪儿？”从这么近的镜头里面很难分辨出她的位置。

安娜和西恩娜对视了许久，并不完全是敌对的，毕竟安娜是他们的头领。但是甲板上又一次沉寂了下来。

“她在哪儿？”西恩娜大吼道，“我要去找她！”

“刺蝠的毒素是致命的，”拉维说，“这真的没有意义了。”

“我们要试一下。”西恩娜说。如果有那么一丝的可能性派珀可以救尼克的命，那么也许她有一丝的可能性会原谅安娜和科林的所作所为，至少那还有些积极的意义。

“求你了。”西恩娜还没说完，安娜就转过身去，大步流星走出了房间。

安娜沿着走廊向着置物间快速跑去。这可真傻，她想，对于将死之人这只是在拖延时间。尽管如此，她还是飞奔着。

期望不可能发生的事情实在令人神伤，但是整个奥米伽队的任务就是在不可能的边缘徘徊。

她猛地推开了置物间的门。绑在椅子上的金发姑娘一动不动，被突然出现在自己“牢房”里的指挥官吓了一跳。

“派珀，”安娜喘着粗气，“我们需要你的帮助。”